Kinky Friedman · Lone Star

H
Entertainer

Die Originalausgabe ›A Case of Lone Star‹ erschien 1987 bei William Morrow and Company, Inc., New York.

When Irish hearts are happy,
All the world seems bright and gay,
And when Irish eyes are smiling,
Sure they steal your heart away.

Für Tom Baker
1940–1982

Konzeption und Gestaltung von Urs Jakob
Umschlagzeichnung von Nikolaus Heidelbach

Deutsche Erstausgabe

Satz: LibroSatz, Kriftel
Herstellung: Ebner Ulm
ISBN 3 251 30002 4

1 2 3 4 5 6 - 98 97 96 95 94 93

KINKY FRIEDMAN

Lone Star

KRIMINALROMAN

AUS DEM AMERIKANISCHEN
VON
HANS-MICHAEL BOCK

HAFFMANS VERLAG

I

Ich öffnete das Fenster und griff nach dem Puppenkopf oben auf dem Kühlschrank. Das war sein Stammplatz. Ursprünglich war es mal eine kleine Negerpuppe, die ich auf dem Flohmarkt in der Canal Street gekauft hatte. Inzwischen war es unverzichtbarer Teil meines Lebens. Ich hatte der Puppe den Kopf abgerissen, den Schlüssel zur Eingangstür des Gebäudes in den Mund gestopft und die ganze Apparatur mit einem farbenfrohen, selbstgemachten Fallschirm gekrönt. Die Fassade des Hauses 199B Vandam erschien der ganzen Welt lediglich wie ein verlassenes, graues, graffitibeschmiertes Lagerhaus, was es in der Tat auch gewesen war, ehe irgendwer so schlau war und auf die Idee kam, das ganze Gebäude in Lofts aufzuteilen, für Leute wie mich und wie Winnie Katz, die in ihrem Studio ein Stockwerk über mir eine lesbische Tanzschule betrieb. Ich lauschte, wie das rhythmische Stampfen von Winnies Mädels über meinem Kopf einsetzte, und da fiel mir ein, daß Downtown Judy unten auf dem Bürgersteig wartete. Ich schaute hinunter, und sie war immer noch da. Sie fror vielleicht ein wenig, war aber noch da. Ich warf den Puppenkopf hinunter und schloß das Fenster.

Es war Erntedankfest in New York, und mein einziger Grund zur Dankbarkeit war vermutlich, daß ich nicht in New Jersey wohnte. Mein geräumiges, winddurchpeitschtes Loft war kalt wie die Hölle. Vielleicht kälter. Das hing davon ab, welche Jahreszeit in der Hölle herrschte.

Die Katze hockte schon den längsten Teil des Nachmittags neben der Kaffeemaschine. Jetzt war es fast Mitternacht. Ich freute mich auf einen kleinen horizontalen Mambo mit Downtown Judy.

Es gab eine Downtown Judy und eine Uptown Judy, und keine wußte um die Existenz der anderen. So war es mir am liebsten.

Der Tag war ein typischer, grauer trüber Donnerstag, an dem verdammt wenig passierte, über das man sich aufregen mußte. Am frühen Nachmittag war ich in eine unschöne Auseinandersetzung in einem vegetarischen Restaurant in der Seventh Avenue verwickelt, wobei es um die Frage ging, ob der Qualm meiner Zigarre den Gästen beim Verzehr ihres Tofu schadete.

Das war der Höhepunkt des Tages gewesen.

Downtown Judy und ich waren noch nicht lange zu Bett, als die Telefone klingelten. Es durchdrang uns beide wie ein Opinel. Ich wandte mich in die ungefähre Richtung des Geräusches, griff durch die Dunkelheit und ertappte den Hörer mit meiner linken Hand.

»Leg los«, sagte ich.

»Yeah. He Mann, hier ist Cleve vom Lone Star.« Cleve war der Manager des Clubs und mein Freund. Er hatte als Road-Manager meiner Band angefangen.

»Was ist los, Kumpel?« fragte ich. »Ich stecke gerade mittendrin.«

»Ich hab hier ein Problem«, sagte Cleve.

»Was ist es denn? Sind dir die Präser im Andenkenkiosk ausgegangen?«

»Es ist ein bißchen ernster als das«, sagte Cleve. »Es geht um Larry Barkin.« Larry Barkin war ein alter Bekannter von mir, eine ansehnliche Primadonna von einem Country-Star, den ich schon damals in Nashville kannte, als wir beide noch nicht mal Nullen waren. In den letzten paar

Jahren hatte er einen Haufen Platten an einen Haufen einsame Hausfrauen verkauft. Er trat zur Zeit mit seinen beiden Brüdern, Randy und Jim, im Lone Star auf. Larry Barkin and the Barkin Brothers.

»Was ist los? Will er nicht noch mal auftreten?«

»Er wird nie mehr auftreten, Mann«, sagte Cleve. »Er ist tot.«

2

Ich stiefelte zur Hudson Street hinüber und erwischte prompt eine Taxe. Das war Glück, denn langsam begann ich mich wie die Füllung einer Schneekugel zu fühlen. Im Winter in New York in einem warmen Taxi zu sitzen war wie die Rückkehr in den Mutterleib, auch wenn der Leib mit achtzig die Fourteenth Street hinabsauste. Ich würde sagen, es war nicht gerade die Gelegenheit zur Meditation, aber mit etwas Anstrengung konnte man fast denken.

Das versuchte ich auch, es klappte aber nicht so ganz. Seit ich einmal ein hübsches junges Opfer den Krallen eines Räubers an einem Geldautomaten im Village entrissen hatte, war mein Leben als simpler Country-Sänger mit gebrochenem Herzen Geschichte. COUNTRY-SÄNGER ENTREISST GANGSTER SEIN OPFER lautete seinerzeit die Schlagzeile. Danach hatte ich mich mit einigen zufälligen Ausflügen auf das Gebiet der Verbrechensaufklärung im Village zum Helden aller Freunde und Verwandten aufgeschwungen. Mit Unterstützung meines Freundes McGovern, eines Reporters der ›Daily News‹, hatte ich eine gute Presse. Und alles in allem hatte ich mich zur Plage der Polizisten des Sechsten Reviers entwickelt. Man kann es nicht allen recht machen.

Es war halb drei morgens, als das Taxi an der Ecke Fifth Avenue und Thirteenth Street zum Stehen kam. Das Lone Star Café. Irgendwann einmal hatten alle, von den Rolling Stones bis zu den Blues Brothers, hier gejammt. Heute war was anderes los. Ich bezahlte die Tour und ging auf die Drehtür am Eingang des Ladens zu. Cleve stand da und sah selbst wie eine Leiche aus.

»Sind Fox und Cooperman schon da?« fragte ich. Das waren zwei Kriminalbeamte, die zum Sechsten Revier gehörten und die sich bei jeder möglichen Gelegenheit mit mir anzulegen versuchten. Sie konnten keine zu Amateurdetektiven gewendeten Country-Sänger leiden. Oder sonstwen.

Cleve schüttelte den Kopf und führte mich über die Hintertreppe des Lone Star an der Galerie vorbei in den zweiten Stock, wo sich die Künstler-Garderoben befanden.

»Bringen wir's schnell hinter uns, Kumpel«, meinte ich zu ihm, während er die Tür zum zweiten Stock aufschloß. »Wir sind hier zwar im Village, aber ich kann drauf verzichten, zwei Schnüfflern in die Quere zu kommen.«

Wir gingen den engen Flur im zweiten Stock entlang, dessen Wände mit Graffiti übersät waren – den Namen der Sänger und Bands, die in der Vergangenheit im Lone Star aufgetreten waren. Einige davon waren inzwischen berühmt, einige waren tot, und einige waren beides. Larry Barkin zum Beispiel.

Cleve schloß die Tür zu Barkins Garderobe auf. Ich kann Garderoben immer noch nicht ausstehen. Garderoben, Verstärker, Veranstalter, Fans, Groupies, Koks-Dealer, Bassisten aus L.A. – all das könnte den Stärksten zum Versicherungsvertreter machen. Ich hatte diese Garderobe schon gesehen, als jeder Quadratzentimeter des Bodens mit Bier getränkt und jede Tischplatte mit Kokain bepudert war. Eigentlich kein Vergnügen. Echt kein Vergnügen.

Im Augenblick war der Raum auch nicht gerade ein Born des Vergnügens, wenn man es mal so betrachtete.

Larry Barkin war ein guter alter Freund gewesen. Gute alte Freunde sind solche, die man nicht unbedingt mag, an denen man aber hängt, weil sie gute alte Freunde sind. Man kann sich einen Freund suchen, und man kann sich in der Nase popeln, aber man kann seine Freunde nicht am Sattel abwischen.

Ob ich nun Larry Barkin mochte oder nicht, stand im Moment nicht zur Debatte. Er hing auf einem Klappstuhl in der hinteren rechten Ecke des Raums.

Es traf sich gut, daß er seine Gibson-Gitarre nicht mehr brauchte, denn offensichtlich hatte jemand sie benutzt, um ihm den Schädel einzuschlagen. Die zerbrochene Gitarre lag neben dem Stuhl auf der Erde. Rostrotes Blut hatte in seinem strohblond toupierten Haar mittlerweile eine fortgeschrittene Phase der Erstarrung erreicht. Ein gelbes Cowboy-Hemd mit Silberstickereien schimmerte im Licht wie eine kleine Milchstraße. Die Gesichtsfarbe war ein wenig gebrochen – kalifornische Sonnenbräune auf der Kriechspur gegen Chartreuse.

Stiefel von Larry Mahan. Hatte selbst ein Paar, aber kein so schickes. »Woraus sind denn die?« fragte ich. »Brontosaurus-Vorhaut?« Cleve sagte nichts. Er starrte auf das kleine rosa Cowboy-Tuch um Barkins Hals. Wer auch immer es ihm gebunden hatte, hatte es ein bißchen übertrieben – gut sieben Stufen zu eng.

»Scheiße«, sagte Cleve.

»Das kannst du noch mal sagen«, sagte ich. »Mit der eigenen Gitarre erschlagen und dann mit dem eigenen Halstuch erdrosselt. Charmant.«

Cleve zappelte nervös herum. Das kommt vom Tod. Das ist fast so schlimm, wie auf die Bühne zu müssen.

»Wer zum Teufel kann so was nur getan haben?« fragte

Cleve. Meine Augen ruhten einen Augenblick auf Barkins friedlichem, geschwollenem Gesicht.

»Jemand, dem seine letzte Platte nicht gefallen hat«, sagte ich.

Ich rupfte meine alte Rotzfahne aus der Hosentasche und griff hinüber zur Brusttasche von Barkins gelbbefranstem Cowboy-Hemd. Etwas Grünes schaute aus der Tasche hervor, und es war sicher nicht Kermit der Frosch. Ich blickte nur kurz drauf und steckte es so zurück, wie ich es gefunden hatte, mir gerade so über die Oberkante des Tisches zublinzelnd. Es war ein Zwei-Dollar-Schein.

»Komisch«, sagte ich.

»Was kannst du damit anfangen?« fragte Cleve. Ich zuckte mit den Achseln.

»Mir zwei U-Bahn-Fahrscheine kaufen«, sagte ich.

3

Ich entlockte Cleve eine ziemlich komplette Liste der Leute, die an dem Abend in der Garderobe gewesen waren. Unter den fünf Personen, die er nannte, waren eine hübsche, blonde, englische Fotografin, ein undurchsichtiger, glatzköpfiger Anwalt, der Kokain verteilte, und drei, die zu meinen engen persönlichen Freunden zählten. Bei solchen Freunden, dachte ich, was braucht man da noch Mordverdächtige?

Und zudem, so wie ich sie einschätzte, konnten Randy und Jim ihren berühmten Bruder auch selbst zum Schweigen gebracht haben. Diese Country-Musik-Familien waren bekannt dafür, die Bibel bisweilen sehr eng auszulegen. Kain hatte da vor gewissen Jahren ein besonders schlechtes Beispiel gegeben, als er die Grenzen der Rivalität von Geschwistern überschritt und seinen Bruder verputzte. Wenn sich derartiges abgespielt haben sollte, dann versprach das ziemlich tiefe Wasser, die sich auch nicht so leicht teilen würden.

Diesen Gedanken hing ich gerade nach, als der breite, mürrische Körper von Detective Sergeant Mort Cooperman die Türöffnung hinter mir verdunkelte. Die schlangengleiche Gestalt von Detective Sergeant Buddy Fox lauerte einige Schritte hinter ihm wie ein angekränkelter Schatten. Coopermans kleine Augen durchstreiften den kleinen Raum. Sie orteten den Leichnam und Cleve und kamen ins Trudeln, als sie mich erkannten.

»O Gott«, sagte er, »schon wieder so ein verdammter Anfall von Déjà vu!«

»Ich kann kein Italienisch«, sagte ich.

Ich hatte noch nie viel Spaß an Unterhaltungen mit Polizisten. Ich erzählte ihnen das bißchen, das ich wußte, aber offensichtlich war ich die falsche Person am falschen Ort zur falschen Zeit, und sie heizten mir ein wie einem Kessel Jambalaja. Es war der unerfreuliche Abschluß eines unerfreulichen Abends.

Es war ein Viertel nach Wen-kümmert's-noch, als mich das Taxi an der Ecke Hudson Street und Vandam absetzte. Den Rest der Strecke bis Nr. 199B lief ich.

Ich nahm den Lastenaufzug mit der einen nackten Glühbirne bis zum dritten Stock, öffnete die Tür zu meinem Loft, fand eine Zigarre und das alte Stierhorn, das ich bisweilen als Trinkgefäß nutzte. Sodann fand ich eine handliche Flasche, gab einen Schuß daraus ins Stierhorn und entlud es in meinen Mund wie Ernest Hemingway seine Flinte. Ich weiß nicht, ob Old Ernest eine Katze oder ein Telefon besaß, aber ich tat's, und beide jammerten sich bei mir aus. Ich ging hinüber und nahm die Katze und den

Hörer hoch. Die Katze haßte es, hochgenommen zu werden, aber dem Hörer schien es egal zu sein. Er sagte, »Hi. Wo warst du nur? Ich ruf seit Ewigkeiten an.«

Es war Uptown Judy. Ich schaute, einer späten Eingebung folgend, im Schlafzimmer nach und sah, daß Downtown Judy offensichtlich die Örtlichkeiten geräumt hatte. Es gab meinem Herzen keinen Knacks.

»Ich war drüben im Lone Star«, sagte ich.

»Das soll wohl ein Scherz sein«, kreischte sie mir ins Ohr. »Von da aus rufe ich doch an, Baby.«

Ich behielt das Stierhorn weiter in der Hand, setzte die Katze aber auf dem Tisch ab.

»Mr. Baby, darf ich doch wohl bitten«, sagte ich.

Wir einigten uns, daß Uptown Judy in meinem Loft willkommen wäre. Ich legte den Hörer auf, goß mir noch einen Schuß ein und zündete die Zigarre an. Man muß sie immer auf kleiner Flamme halten. Meine Gedanken weilten jedoch nicht bei den beiden Judys. Die waren beim Zwei-Dollar-Schein.

Selbst unter Berücksichtigung der Inflation hatte Larry Barkin mehr bekommen, als er wert war.

4

Als ich Freitag morgen erwachte, war Uptown Judy bereits uptown. Darin lag nichts Erderschütterndes. Manche Leute gehen tatsächlich einer Arbeit nach. Ich hüpfte in den Regenraum und nahm eine Dusche, stand dann in meinem lila Bademantel herum, schlürfte eine heiße Tasse Kaffee, rauchte die erste Zigarre des Tages und beobachtete die Müllwagen, wie sie in Zeitlupe durch den eisigen Nieselregen schlichen, der auf die Welt dort unten niederging. Die alten, rostigen Feuerleitern jenseits der Straße waren noch da. Sie waren nicht schöner als die Müllwagen, aber sie waren leiser. Vandam Street war einer der Haupt-Aufmarschplätze der Müllwagen dieser Stadt. Und trotzdem war die Straße ständig verdreckt. Vermutlich lag es daran, daß die Müllwagen hier abfuhren und nicht ankamen. Ich verfolgte den Gedanken bis zur Hälfte meiner zweiten Tasse Kaffee, aber ich war kein Stadtplaner, und ich war kein Philosoph, und es war mir sowieso egal. Glücklicherweise mußte ich keine Krawatte umbinden und keinen Anzug anlegen und kein Gläschen mit einer gehässigen, gedankenlosen Gattin leeren und dann hinausstreben in ein graues, geistfeindliches Büro. Alles, was mir zu tun blieb, war, mich anzukleiden und die Katze zu füttern. Kein schlechtes Leben.

Ich kleidete mich an und fütterte die Katze.

Ich nahm an meinem Tisch Platz und überlegte, was als nächstes zu tun sei. Es war erst zehn Uhr morgens. Ob das nun früh war oder spät, das war eine Frage der Perspektive, und auf die konnte ich verzichten. Ich legte die Füße auf den Tisch, rauchte meine Zigarre und zwinkerte der Katze zu, die mir nun Gesellschaft leistete und in etwa gleichweiter Entfernung zu den beiden roten Telefonen Platz genommen hatte, die ich auf meinem Tisch immer rechts und links von meinem Gehirn zu plazieren pflegte. Sie hingen beide am selben Anschluß, und wenn sie klingelten, so erhöhte das offenbar die Bedeutung meiner Anrufe.

Die Telefone schellten an jenem Freitagmorgen um 10:17. Ich weiß die präzise Zeit, denn es gehört zu meinen Angewohnheiten, alle ankommenden Telefonate auf meinem digitalen Computer-Wecker festzuhalten, der auf dem Tisch steht. Es war nichts Alarmierendes, außer für die Katze, die genau in der Feuerlinie saß und über den Mond, die Kuh und die Fiedel sprang sowie über mein Thermometer in Form der Freiheitsstatue, das 8° Innentemperatur für das Loft anzeigte. Der Vermieter war echt auf Draht. Klasse Kerl. Vermutlich in Florida.

Ich nahm den Hörer ab und beobachtete, wie sich die Katze neben der Kaffeemaschine zusammenkauerte. Sie war klüger als manche Leute, die ich kannte.

»Hey, Mann! Ich bin heute morgen die Post auf meinem Schreibtisch durchgegangen, und da ist was dabei, was du dir ansehen solltest.« Es war Cleve, und was es auch sein mochte, ich wollte es nicht sehen.

»Ich hab gestern abend genug gesehen, Kumpel«, sagte ich.

»Komm hier rüber, Mann. Tu's für den guten alten Cleve.«

»Häng den guten alten Cleve an den grünen Apfelbaum.«

Ich steckte bereits bis zu den Rachenmandeln in dieser Sache, aber wenn es eine Möglichkeit gab, wieder rauszukommen, dann zum Teufel würde ich sie ergreifen. Die eine Möglichkeit war, mich vom Lone Star fernzuhalten. Eine Zeitlang dem Five-Alarm-Chili Adieu zu sagen. Die heutige Country-Musik hat nicht mehr den Reiz für mich wie ehedem. Kaum zu glauben, daß ich selbst mal dick drin war. Was mir jetzt so durch den Kopf ging, lag mehr auf der Linie, ein Broadway-Musical zu komponieren. Irgendwas mit Klasse, Würde, Intelligenz. Keine Steel-Gitarren.

»Enttäusch mich nicht, Mann«, sagte Cleve mit einem Wimmern in der Stimme wie ein Blue-Ball-Trucker, wenn er den Scheitel einer Steigung erreicht hat. »Komm doch nur das eine Mal noch rüber . . . Okay, wenn du nicht herkommen willst, dann bring ich dir jetzt das Scheißding rüber.«

Während ich auf Cleve wartete, strich ich in der Küche meines Lofts hin und her und wünschte mir, so ausgestorben zu sein wie der Säbelzahntiger. Die ganze Sache gefiel mir nicht. Gebt mir eine schöne, kleine, dreckige Affäre zum Ausschnüffeln. Aber Mordfälle gefährden die Gesundheit. Und es war ungünstig, frontal mit Fox und Cooperman zusammenzustoßen, während die Leiche nicht mal auf Zimmertemperatur abgekühlt war. Sehr ungünstig.

Ich ging zur Tür und ließ Cleve rein und hörte seinem Gebrabbel eine Weile zu. Dann nahm er einen großen Briefumschlag aus der Aktentasche und legte ihn vor mir auf den Tisch. Die Adresse lautete: Mr. Larry Barkin, c/o The Lone Star Café, 61 Fifth Avenue, New York, New York.

»Beachte das Datum«, sagte Cleve. »Er ist am letzten Montag abgeschickt worden. Er kam am Mittwoch bei uns im Büro an, einen Tag vor Larry Barkins Auftritt im Lone Star. Wir nahmen einfach an, es sei Fan-Post, und ich hab's mir erst heute morgen genauer angeschaut.«

Cleve schob mir den Umschlag herüber, und ich bemerkte, daß seine Hände leicht zitterten. »Was zum Teufel ist denn drin?« fragte ich. »Haß-Post? Finanzamt? Grüße von seiner längst verflossenen Ex-Gattin?«

»Viel besser«, sagte Cleve leise. »Warum machst du ihn nicht auf und schaust selber nach?«

Ich öffnete den Umschlag und zog ein buntbedrucktes Notenblatt heraus. Es war der alte Hank-Williams-Song »Hey, Good Lookin'«. Cleve schaute mir über die Schulter, und gemeinsam lasen wir den Text:

Hey, hey good lookin', what cha got cookin'
How's about cookin' somethin' up with me.
Hey, sweet baby, don't you think maybe
We could find us a brand new recipe
I got a hot rod Ford and a two-dollar bill
And I know a spot right over the hill . . .

Ein kalter Schauer wehte plötzlich durch das Loft, und ich

war mir ziemlich sicher, daß dies nichts mit dem Winter in New York zu tun hatte.

5

Cleve war abgegangen. Ich gönnte mir einen kleinen Kraftschlummer und versuchte, nicht zu träumen. Es klappte ganz gut. Es gelang mir, mein Gehirn in die Leinwand eines Kleinstadt-Autokinos außerhalb der Saison zu verwandeln. New York existierte nicht. War nur einen Augenblick da, wie eine flüchtig bekannte Stadtstreicherin, die schnell am Fenster deines Taxis im Regen vorbeihuscht.

Das Telefon am Bett schien zu klingeln, also nahm ich es auf.

»Leg los«, sagte ich mit einer tiefen Schmirgelpapier-Stimme, neben der Kenny Rogers wie ein Kastrat geklungen hätte. Ich war ziemlich übler Laune. Es war ein Fall von Kraftschlummerus interruptus. Ich schaute raus, und es war schon verdammt dunkel. Dann begann eine recht rattige Stimme mich aus dem Hörer anzublaffen. Es war Ratso.

Ratso war ein Vertreter der Flohmarkt-Eleganz. New York, New York. Er war loyal, intelligent und geizig genug, um Dagobert Duck eifersüchtig zu machen. Er war Redakteur des ›National Lampoon‹. Ratso hatte mir bei meinen ersten paar Fällen beigestanden, und in einigen schwächeren Momenten war ich versucht, ihn für meinen amerikanischen Dr. Watson zu halten. Ich würde keinesfalls das Risiko eingehen, über Ratsos Gedankengänge Vermutungen anzustellen, aber ich mochte ihn und gab ihm deshalb immer etwas Leine. Entweder würde er sich damit aufhängen oder eine Leinen-Fabrik eröffnen.

»Hey, Mann, was läuft denn so?« sagte Ratso.

»Könnte schlimmer sein«, sagte ich. »Könnte Omo schnüffeln und Aqua Velva saufen.«

»Also dann, hast du schon die Zeitung heute gesehen? Hast gelesen, was Larry Barkin gestern abend im Lone Star passiert ist?«

»Dafür brauchte ich die Zeitung nicht zu lesen, Kumpel. Ich hab die Action gestern abend live mitbekommen. Oder besser tot.« Ich berichtete Ratso von dem Hank-Williams-Song und dem Zwei-Dollar-Schein, den ich bei Barkin gefunden hatte.

»Scheiße«, sagte Ratso, »da bin ich wohl zu früh gekommen.«

»Yeah«, sagte ich, »das hat Uptown Judy gestern auch zu mir gesagt.«

»Ernsthaft, Mann. Ich kann einfach nicht glauben, daß jemand den Kerl umgelegt hat. Ich hab den ganzen ersten Auftritt selbst angeschaut, und der Kerl war Klasse. So mitreißend. So lebendig.«

»Yeah, beim zweiten Auftritt war er dann etwas steifer. Hör mal zu, Ratso, sind dir irgendwelche merkwürdigen Gestalten aufgefallen, die gestern während der ersten Show im Lone Star rumhingen?«

»Du beliebst zu scherzen, Mann«, sagte Ratso. »Wir sind in New York.«

»Ich weiß, wo wir sind«, sagte ich. »Dennoch glaube ich, du kannst mir helfen. Vielleicht war da jemand, der nicht merkwürdig aussah.«

»Da kommen wir der Sache schon näher«, sagte Ratso.

»Also, wir treffen uns in einer Stunde im Monkey's Paw. Ist das okay?«

»In Ordnung«, sagte Ratso. »Ich hoffe nur, ich erkenne dich in der Menge wieder.«

»Bring dein Vogelbuch und deinen Feldstecher mit«, sagte ich und legte auf. Ich ging hinüber zum Fenster und schaute auf eine düstere und fast menschenleere Vandam Street hinunter. Selbst die Müllwagen waren verschwunden. Daheim in ihren kleinen Garagen-Apartments träumten sie von Kaffeesatz und alten Schreibmaschinen, die jemand im Schnee liegengelassen hatte.

Freitagabend war der Abend, an dem die meisten Leute meinten, Spaß haben zu müssen. Das Problem war nur, daß die meisten Leute nicht wußten, was Spaß war oder wie man ihn hat, und so endete es meist ziemlich häßlich.

Vielleicht hatten die Daddys den Juniors ihre T-Birds weggenommen, und die wußten es nur noch nicht.

Ich bekleidete mich mit Hut und Mantel, griff ein paar Zigarren für unterwegs und sagte der Katze Bescheid, daß sie in meiner Abwesenheit die Verantwortung trage. Dann verschloß ich die Tür zum Loft, stiefelte vier Treppen hinunter und schlenderte links die Vandam hinunter über die Hudson weiter zur Seventh Avenue. Es war kälter geworden, wenn das noch möglich war. Die Gegend sah aus wie eine aufgeschreckte Pinguin-Kolonie. Alle hatten es eilig bis auf die Penner. Zeitungen flatterten überall über die Bürgersteige wie alte Liebesbriefe an die Vergangenheit.

Ich rauchte eine Zigarre, während ich in Richtung Sheridan Square und Monkey's Paw marschierte, mit den Händen in den Taschen, um sie wenigstens lauwarm zu halten. Wenn das Monkey's Paw nur ein paar Ecken weiter weg gewesen wäre, hätte ich jemand gebraucht, »to melt my cold, cold heart«.

Es ging mir kurz durch den Sinn, wie Larry Barkins Hinterkopf gestern abend ausgesehen hatte. Irgendwie wie eine halbvergammelte Gemüsezüchtung. Ich überraschte mich beim Summen von »Hey, Good Lookin'«, während ich die Seventh Avenue kreuzte, aber das erschien mir unangebracht, und ich zwang mich selbst, es abzuschalten.

Das Monkey's Paw lag gleich hinter der Seventh Avenue

in der Bedford Street, eine der wenigen Hetero-Bars in dieser Gegend. Es hatte schon immer den Anspruch, ein literarisches Lokal zu sein. Da war ich nicht so ganz sicher. Es war so kalt, daß mir heterosexuell schon reichte.

Ratso stand am Tresen. Er trug grüne Lederhosen und einen roten Pullover, auf dem kleine Eishockeyspieler hin und her flitzten.

»Hi, Sherlock«, sagte er.

6

Die Kellnerin wies uns einen Tisch etwa von der Größe eines Skateboards an. Dafür hatten wir dort einen hübschen Blick auf die Abfalleimer, die sich draußen auf der Bedford Street stapelten.

»Toller Tisch«, meinte Ratso zur Kellnerin.

»Yeah«, sagte ich, »sieht aus wie der Abendmahls-Tisch für Jesus und die sieben Zwerge.«

»Tut mir leid«, sagte die Kellnerin munter. Sie war in etwa das leidvollste Wesen, das ich je auf zehn Zehen gesehen hatte.

Das Monkey's Paw war am Wochenende immer von Touristen überlaufen. Unerschrockene Reisende aus fernen Ländern wie New Jersey. Junge Paare ganz aus der Upper East Side. Wie die meisten Einwohner des Village hegte ich eine instinktive Abneigung gegen diese Leute. Die eine Hälfte von ihnen glaubte, sie seien hier, um toll einen draufzumachen, und die andere hielt sich für Sozialarbeiter auf Hilfsexpedition. Ich mochte keine Hälfte, aber es kostet nichts, nett zu sein.

»Kannst du mal ein bißchen mit dem Stuhl weiterrutschen, Kumpel?« fragte ich einen Kerl, der mit seinem

Schnauzer einer Braut zubrabbelte, »was für eine schreckliche Saison wir am Broadway erleben«, und mir gleichzeitig den Weg versperrte.

»Aber sicher«, rümpfte er die Nase.

»Yep«, sagte Ratso mit lauter Stimme, als die Kellnerin uns an einem kleinen Tisch lächerlich nahe bei dem Kerl plazierte, »sieht aus, als ob das Theater wirklich tot ist.«

»Moduliere doch, bitte schön, deine Stimme«, sagte ich zu Ratso. »Der Kerl wird noch handgreiflich und peitscht uns mit seinem Krümelfänger zu Tode.«

Ratso bestellte Wodka mit Soda, und ich bestellte einen Prior Dark mit einem Schuß Old Grand-Dad als Begleitung. Langsam wurde der Tisch etwas voll, aber wenn man in New York lebt, dann geht man nicht aus, um Ellbogenfreiheit zu suchen. Man versucht lediglich, das Schnapsglas sicher zum Munde zu führen. Manchmal ist das schwerer, als es aussieht.

»Hey«, sagte ich, »das ist ja McGoverns Drink, was du bestellt hast.« McGovern war halb Ire und halb Indianer und arbeitete in der Innenpolitik der ›Daily News‹. Er hatte vor Jahren im Monkey's Paw Hausverbot erhalten, weil er einem Gast ans Bein gepinkelt hatte.

Ratso grinste. »Solang es nicht Elias Drink ist«, sagte er. Wer Elia war, war schwer zu erklären, außer daß ich bezweifelte, daß er bei der ›Daily News‹ arbeitete.

»Weißt du«, sagte Ratso, »man sagt, die Frau, die von McGovern angepinkelt wurde, sei nie wieder hergekommen.«

«McGovern auch nicht«, sagte ich.

»Und Elia auch nicht«, sagte Ratso.

»Darauf trink ich«, sagte ich, und wir bestellten noch eine Runde. Die Lage hatte sich mittlerweile etwas gelichtet. Die Quasi-Theater-Typen waren gegangen, und ich schob meinen Stuhl etwas zurück.

»Dies war übrigens Dylan Thomas' Drink. Er trank achtzehn doppelte Old Grand-Dads unten in der White Horse Tavern, ehe er durch eine Falltür nach unten ins Schlafzimmer rutschte.«

»Okay«, sagte Ratso, indem er das Thema beiseite schob, »wie kann ich dir helfen?«

»Du kannst mich nach dem siebzehnten stoppen«, sagte ich. Ich signalisierte der Kellnerin für einen neuen Drink. Ratso schonte sein Glas.

»Du warst also«, sagte ich, »in Larry Barkins Garderobe.« Ratso nickte. »Was hast du gesehen? Wen hast du gesehen?« Ich hatte durch Cleve eine recht gute Vorstellung, wie die Liste der Verdächtigen aussah, aber ich wollte es von Ratso noch einmal hören.

»Laß deine Erinnerung zurückschweifen«, ermunterte ich ihn.

»Sicher, Monsieur Poirot«, sagte er. »Da war eine Blondine. Eine Fotografin. Sie heißt Gunner.«

»Das ist ein komischer Name«, sagte ich.

»Kinky aber auch«, sagte Ratso.

»Weiter«, sagte ich.

»Dann war da ein glatzköpfiger Anwalt, der Kokain an alle verteilte –«

»Die Beschreibung trifft auf fast alle zu, die ich kenne.«

»Dann hör dir das an«, sagte Ratso. »Dein alter Kumpel Chet Flippo war da. Sehr intim mit Barkin. Und natürlich wird deine degenscharfe Erinnerungsgabe den Titel von Chets neuestem Buch anmerken . . .«

Chet war ein alter Freund von mir aus Texas, der kürzlich ein Buch geschrieben hatte, das Nashville und Liebhaber von Country-Musik allgemein in mindestens drei bewaffnete Lager gespalten hatte. Die eine Gruppe liebte es. Die andere Gruppe haßte es. Die dritte Gruppe hielt es für ein bißchen ladida. Ich selbst hatte das Buch noch nicht gelesen, ich kannte aber den Titel: *Your Cheatin' Heart. Eine Biographie über Hank Williams.*

»Ein bißchen offensichtlich, meinst du nicht?«

»Ich berichte nur, wer da war, Sherlock. Du stopfst es in deine Pfeife und rauchst es.« Ich steckte eine Zigarre an.

»Dann war da auch dein Freund Mike Simmons. Er spielte auf Barkins Gitarre, glaub ich, und versuchte, ihm einen Song oder so was vorzuführen.«

»Das kauf ich unbesehen«, sagte ich. Simmons war einer der besten Country-Sänger, die ich je gehört hatte, aber er sprach gerne dem Alkohol zu. Er war verrückt, talentiert und frustriert. Wie alle andern in New York.

»Simmons war schon ziemlich angeschlagen«, sagte Ratso. »Ich befürchtete schon, daß er Barkins Gitarre zerbrechen würde.«

»Yeah«, sagte ich. Ich paffte gedankenvoll an der Zigarre. Ich kippte das Glas runter und bestellte ein neues. Ratso bestellte noch einen Wodka mit Soda.

»Okay«, sagte ich, als die Getränke kamen, »was haben wir also?«

»Wir haben«, sagte Ratso, »die blonde Fotografin, den glatzköpfigen Anwalt, der das Kokain verteilte, Chet Flippo und Mike Simmons.«

»Was ist mit Bill Dick?« fragte ich.

»Bill Dick gehört der Club«, sagte Ratso.

»Mein lieber Ratso«, sagte ich, »ich habe für ziemlich viele Clubbesitzer gearbeitet, und ich habe gelernt, daß man ihnen alles zutrauen kann.«

»Also dann«, sagte Ratso, »haben wir fünf Verdächtige. Das sieht ziemlich einfach aus.«

»Genau.« Ich leerte das Glas und signalisierte der Kellnerin, das Beil fallen zu lassen.

»Du hörst nach fünf Old Grand-Dads schon auf?« fragte Ratso. »Ich bin völlig desillusioniert.«

»Das will ich auch hoffen«, sagte ich, während ich die Rechnung zahlte und beobachtete, wie Ratso so tat, als würde er sein Geld suchen. »Was ist denn los, Kumpel, hast du Angelhaken in der Tasche?«

Wir traten ins Freie.

»Also, herzlichen Dank für den schönen Abend«, sagte Ratso. »Ich geh nach Hause, um meinen Affen auszupeitschen.«

»Schön«, sagte ich. »Wir bleiben in dieser Sache in Kontakt. Es könnte noch ziemlich häßlich werden.«

Während ich durch die Kälte nach Hause spazierte, ließ ich mir die ganze Angelegenheit durch den Kopf gehen. In eine Mord-Untersuchung zu geraten ist so ähnlich, wie an Drogen oder Alkohol zu geraten.

Wie mein alter Freund Slim damals in Texas immer sagte: »Manchmal mußt du was finden, was du magst, und dich damit umbringen.«

7

Früh am Sonntagmorgen sägte ich gerade an einem besonders friedlichen Dauerstamm, als die Telefone klingelten. Die Stimme kam über die Strippe wie eine Kettensäge, deren Zähne aus Brooklyn stammten.

»Wir können es nicht zulassen. Wir können es einfach nicht zulassen. Ja oder nein, Kinkster?«

»Ja, Bill«, sagte ich verschlafen. Es war Bill Dick, der Besitzer des Lone Star. Er hatte vielleicht einen schlappen Nachnamen, aber einen starken Satz Lungen. Möglicherweise lag es auch an der Uhrzeit.

Ich setzte mich im Bett auf und schaute zunächst auf die Katze und dann auf die Uhr. Die Katze gähnte. Die Uhr zeigte halb zehn an.

»Was können wir nicht zulassen, Bill?« fragte ich. Ich blinzelte zur Kaffeemaschine in der Küche hinüber wie zu einer lang verflossenen Geliebten.

»Wir können keinen Wahnsinnigen im Lone Star frei herumlaufen lassen«, sagte er.

»Wo warst du Donnerstag abend, Bill?« fragte ich ein wenig zu abrupt.

»Ich war segeln, um Gottes willen. Draußen auf dem verdammten Boot. Bin letzte Nacht zurückgekommen. Habe nie daran gedacht, daß so was passieren könnte. Ich segel gern. Raus aus der täglichen Schinderei. Ein Mann braucht ein gutes Boot. Ein Mann segelt gern. Kann nicht ständig arbeiten. Ja oder nein, Kinkster?«

»Ja, Bill«, sagte ich.

»Schau mal«, sagte er, »du hast geholfen, aus dem Lone Star das zu machen, was es heute ist, Kinkster. Du bist da oft aufgetreten und hast von diesen Auftritten profitiert. Die Bullen waren hier. Waren mehrmals hier. Aber die sind auf See verloren, ohne Segel. Willst du das Ruder übernehmen, Kinkster? Wirst du herausfinden, wer Larry Barkin umgebracht hat? Wirst du es für das Lone Star tun?«

»Nun, mein Gott, Bill«, sagte ich, »wenn du es so formulierst. Ich glaub, ich tu's für Gott und die Country-Musik.«

»Das ist der rechte Sinn«, sagte Bill Dick. »Wir gehen der Sache auf den Grund. Ja oder nein, Kinkster?«

»Ja, Bill«, sagte ich. Ich legte auf. Ich schüttete etwas Kaffee in die Maschine, mit etwas alter Eierschale für den Geschmack, und während ich aufs Sieden wartete, zündete ich eine Zigarre an.

»Heim ist der Segler«, sagte ich zur Katze. »Heim von der See.« Ich gab ihr etwas frischen Thunfisch zum Frühstück.

Ich schuldete meiner Meinung nach Gott nicht viel. Und ich glaubte, ich schuldete der Country-Musik auch nicht mein Tagwerk. Ich schuldete nicht mal dem Lone Star etwas, außer vielleicht einer alten Verzehrrechnung von Anno dazumal. Etwa alles, was ich schuldete, das schuldete ich McGovern, 50 Dollar, und da er zweifellos die 50 Dollar nur unnütz verplempern würde, tat ich ihm nur mehr einen Gefallen, wenn ich sie ihm nicht so bald zurückgab. Nicht daß mir die entsprechenden Valuten abgingen.

Ich war bei meiner zweiten Tasse Kaffee und kurz hinter der Mittellinie der Zigarre, die ich nach meinem Gespräch mit Bill Dick angezündet hatte. Normalerweise pflege ich die Zigarren nicht über die Mitte zu rauchen. Ich pflege sie eine Weile im Papierkorb zu horten und die übrige Portion eines späteren Tages anzuzünden. Wie bei einem guten Wein muß man eine halbgerauchte Zigarre etwas altern lassen. Muß sie atmen lassen. Viele Leute verstanden das nicht, aber ich verstand auch viele Leute nicht. Ich rauche bis zu zehn Zigarren am Tag und erwarte, ewig zu leben. Natürlich inhaliere ich nicht. Ich puste den Rauch nur auf Kleinkinder, Grünpflanzen, Vegetarier und alle, die zu dem Zeitpunkt gerade joggen, an dem ich ausatme.

Man muß daran arbeiten, ein guter Raucher zu sein. Speziell heute, wo einem die nichtrauchende Welt ständig Schwierigkeiten macht. Es reicht schließlich, dich zum Trinker zu machen. Ich goß mir einen Schuß Jameson Irish Whiskey in eine dritte Tasse Kaffee und setzte mich an den Tisch.

Ich dachte daran, was Charles Lamb, der berühmte britische Essayist, einmal gesagt hat, als jemand ihn fragte, wie er nur so viel Zigarre und Pfeife rauchen könne. Er sagte: »Ich placke mich dabei ab, wie sich viele Menschen mit Tugend abplacken.« Nicht schlecht, Chuck.

Ich rief Sergeant Cooperman im Sechsten Revier an, aber

er war aus, die Öffentlichkeit zu schützen. Der Wachhabende sagte, er würde zurückrufen. Ich rief Mike Simmons an.

»Hey, Mike«, sagte ich, »wie wär's mit einem kleinen geistigen Getränk gegen die Hitze?«

»Die Hitze ist richtig«, sagte Simmons. »Diese Sergeant-Cooperman-Figur sitzt mir im Nacken wie ein Seidenschal.«

»So sollte man von New Yorks Stolz aber nicht reden, Simmons«, mahnte ich ihn.

»Wo?« fragte er.

»Was wo?«

»Das geistige Getränk gegen die Hitze.«

»City Limits. Zehn Uhr.«

»Bis dann«, sagte er.

Ich beschloß, mir einen kleinen Kraftschlummer zu gönnen, aber als ich erwachte, war es schon fast zehn Uhr. Wie das Glück so spielte, hatte ich nicht geträumt. Oder, wenn ich träumte, dann konnte ich mich nicht daran erinnern, was fast ebenso gut ist. Ich hüpfte in den Regenraum und stellte mich unter die Dusche. Sang ein kleines Hank-Williams-Potpourri. »Cold, Cold Heart«, »Your Cheatin' Heart« – Hank hatte es offenbar mit den Herzen – und »I'll Never Get Out of This World Alive«. Der Refrain zum letzten Song lautete:

No matter how I struggle and strive
I'll never get out of this world alive.

Das schien mir eine gute Stelle aufzuhören. Ich trocknete mich mit einem Badetuch ab, das ich versehentlich aus dem Chelsea Hotel mitgenommen hatte. Es stand YMCA drauf.

Man sagt, Dylan Thomas sei während seines Aufenthalts im Chelsea gestorben. Viele Orte schmücken sich mit Homers Geburt, und viele Orte schmücken sich mit Dylan

Thomas' Tod. Und was lehrt uns das? Nichts, dachte ich. Ich entschied mich gegens Rasieren. Wollte es mal mit dem Yessir-Alterfurz-Look versuchen. War ziemlich in, dieser Tage.

Ich breitete das Badetuch auf dem »cold, cold« Heizkörper aus, damit es dort trocknete oder vermoderte, wie auch immer. John Lennon, Nina Simone, Abbie Hoffman und Sid Vicious hatten im Chelsea gewohnt, wie auch der Kerl, der den Song »Tubby the Tuba« geschrieben hat. Welch eine Gästeschar.

Ich zog mich an, legte meine alte Jagdweste an, übergab alles der Katze und entschwand. Ich wanderte die Hudson hoch und schlich mich dann rüber zur Seventh Avenue. In der Grove Street saß eine junge Frau mit einem Holzstuhl auf dem Bürgersteig und spielte Cello. Der große Cello-Koffer lag offen vor ihr. Er sah aus wie der Sarg für ein großes Kind. Es lagen ein paar Quarters und Dimes und Nickels drin, und das war alles. Scheidemünze, wie man es auch betrachtete. Ich blieb in der Kälte stehen und hörte einen Moment zu. Sie klang ziemlich gut, aber was ich vom Cello verstand, das konnte man in einen Ukulele-Kasten tun und damit rasseln.

An der Ziegelwand über ihr entdeckte ich eine Bronze-Plakette. Sie zeigte die Büste von Thomas Paine, der an dieser Stelle im Jahre 1809 gestorben war, nachdem ihn Priester auf dem Totenbett gefoltert hatten. An den Rändern der Plakette standen, etwas verdreckt, aber noch lesbar, zwei von Paines Weisheiten: »Die Welt ist meine Heimat« und »Gutes tun ist meine Religion«.

Ich gab dem Mädchen einen Fünf-Dollar-Schein. Ich dachte mir, wer bei so einem Wetter Cello spielen kann, der hat etwas verdient. Sie nickte mir dankend zu. Etwas weltmüde. Irgendwie süß.

Ich lenkte meine Schritte dem City Limits zu, einer etwas

schrägen Country-Musik-Bar im Herzen des Village, um dort Simmons zu treffen. An der Seventh Avenue wandte ich mich nach dem Mädchen um, und sie spielte das Cello, als ob ich noch vor ihr stünde. Die bringt's nie bis zur Carnegie Hall, dachte ich.

Natürlich, warum sollte man zur Carnegie Hall wollen, wenn man zu Carnegie Delicatessen gehen kann?

8

City Limits ist der Laden, wo man hingeht, wenn man im Lone Star genug Spaß gehabt hat und es immer noch erst zwei Uhr morgens ist. Wenn es vier Uhr morgens ist und du allen Spaß im City Limits überstanden hast, dann verlädst du dein Gehirn in einen Rollstuhl und schlingerst hinüber ins Zodiac, eine Nachtbar, die allen Kreisen der Hölle ähnelt, wenn man sie plötzlich einem großen, dunklen, lauten, ziemlich langweiligen Pfannkuchen komprimieren würde. Nachdem du Spaß im Zodiac gehabt hast, trittst du hinaus ins blendende Tageslicht und den Verkehr auf der Canal Street um 09:00 an einem Werktagmorgen, und du weißt, was es heißt, tot sein zu wollen. Spaß ist Schwerarbeit in New York.

Ich nickte Glen zu, dem Türsteher am Eingang des City Limits. Glen war ein großer Kerl mit einem Pferdeschwanz, an dem niemand zog, außer eines Abends eine kleine alte Dame aus Idaho, die ihn für ihren Schal hielt.

»Ist Mr. Simmons da?« fragte ich ihn.

»Noch nicht lange«, sagte er unheilvoll. Er winkte mich rein, und ich steckte die zwei Dollar Eintritt in die Tasche zurück. Fünfzehn Jahre langsamer Tod auf Tour, um ohne Eintritt in einen solchen Bums zu kommen. Wir großen Berühmtheiten haben es geschafft.

Simmons stand an der Bar. Er trank Jack Daniel's on the rocks.

»Hey, Mann«, schrie er mich an, »jetzt, wo du in den Schwarzen bist, geb ich dir einen Drink aus.« Es schien, als hätte er schon ein paar genossen.

»Okay«, sagte ich. »Ich nehme ein Lone-Star-Bier für 3 Dollar 50 Cents.«

»Scheiße«, sagte er, »da gibt's doch was Besseres.«

»Nun gut«, sagte ich, »gib mir einen Chivas on the rocks mit einem Schuß New Yorker Leitungswasser. Dämpft die Schärfe.«

»Nö«, sagte Simmons, »das ist zu kompliziert.«

»Courvoisier«, sagte ich.

»Nö«, sagte Simmons mit lauter Stimme. »Das ist zu vornehm für dieses verdammte Bumslokal.« Ich blickte über meine Schulter und sah, daß der Barmann eine Art Motorradweste, einen Cowboy-Hut und einen finsteren Blick trug.

»Einen Moment noch, Kumpel«, sagte ich. Er wandte sich mit Ekel.

»Simmons«, sagte ich, »dies mag für dich ein ziemlich schlimmes Bumslokal sein, aber was diese Leute tatsächlich wollen, ist die Wiederauferstehung eines frühen Country & Western Honky-Tonk-Lokals. Außerdem«, sagte ich, »könntest du vielleicht deine Stimme etwas dämpfen, oder sie versuchen die Wiederauferstehung auf deinem Nasenbein.« Er lachte.

»Gib mir einen Jameson«, sagte ich.

»Nö«, sagte Simmons, »das ist viel zu ethnisch, Mann. Du willst doch keinen Jameson.« Ich hatte den Fehler begangen, Simmons eine Zigarre zu geben, und nun gestikulierte er damit herum und fuchtelte mit dem glühenden Ende gefährlich nahe vor den Augen nahestehender Gäste herum. Ich wandte mich einen Moment um und beobachtete die Band auf der kleinen Bühne am anderen Ende des Raums. Ich erkannte einige der Musiker. Sie waren recht gut. Sie hatten Talent. Und Talent ist sich selbst genug. So sei es. Das war in etwa alles, was sie für drei brutale Auftritte vor abgeschlafften Fremden aus der Upper West Side bekamen und den Leuten, die darauf warteten, daß das Zodiac aufmachte. Aber die Band spielte, und die Leute tanzten.

Ich sah, daß der Drummer ein Kerl war, der bei mir ein paar Konzert-Tourneen mitgemacht hatte, in meiner dunklen Vorzeit. Er sah zu mir herüber, winkte mit einem Stock und zuckte mit den Schultern, als wolle er sagen, »Hilfe! Hol mich hier raus!« Er war ein talentierter Drummer. Aber die meisten Hauswirte kümmerten sich nicht um Talente, wenn die Miete fällig war. Ich brauchte einen Drink.

»Simmons«, sagte ich, »bestell mir einen Drink, oder ich bring dich um.«

»Barkeep«, rief Simmons, »zwei doppelte Black Jacks. Rocks. Zack, zack, laß marschieren!«

Langsam und verdrießlich brachte der Bartender zwei doppelte Jack Daniel's zu uns herüber. Simmons hatte Probleme, sein Glas zu halten, aber er erhob es nun ziemlich unsicher, um anzustoßen. Er stieß mit dem Boden seines Glases gegen den Rand des meinigen und sagte, »Niemals über dir.« Dann klickte er seinen Rand gegen meinen Boden. »Niemals unter dir«, sagte er. Dann legte er seinen Arm um meine Schulter und knallte sein Glas gefährlich gegen mein Glas und sagte: »Immer dir zur Seite.«

»Verhakel nur nicht unser Karma, Kumpel«, sagte ich.

Wir beide nahmen einen Schluck vom Jack.

Ich entwand meine Schulter Simmons' Arm und ging etwas näher zur Bühne. Der Gitarrist hatte die Saiten seiner Gitarre umgedreht und spielte linkshändig. Das war nicht selten. Ich hatte es schon mal gesehen. Aber es ließ mich an etwas denken, was an mir nagte, seit ich den verstorbenen Larry Barkin in seiner Garderobe im Lone Star besucht hatte. Ich holte mir eine Handvoll Erdnüsse aus einem Faß in der Mitte der Tanzfläche und ging zurück zu Simmons an der Bar.

»Mike«, sagte ich, »du bist doch nicht zufällig Linkshänder, oder?«

»Wen interessiert denn das?« fragte er feindselig.

»Wen zum Teufel wird das wohl interessieren?« fragte ich. »Wen siehst du hier neben dir stehen und Konversation machen?«

»Ich sehe Spade Cooley«, sagte er. Spade Cooley war ein Country-Sänger, der seine Frau zu Tode prügelte, im Gefängnis landete und elendiglich in den Hillbilly-Himmel einging.

Die Band machte jetzt Pause, und ich ging hinüber und unterhielt mich ein wenig mit ihnen. Als ich zur Bar zu Simmons hinüberschaute, ereignete sich dort gerade ein kleines Handgemenge. Simmons kämpfte mit einer eleganten Dame. Der große Barmann packte ihn am Hals, und Glen, der Türsteher, näherte sich eilig der Unruhe.

Sie würden Simmons in der Bar nichts antun, aber ich hatte erlebt, wie einige der Neanderthaler des City Limits unruhige Gäste in einer Nebengasse unterhalb des Lokals bearbeitet hatten. Ich nahm mir vor, sie direkt vor der Tür abzufangen und Simmons ihren großen, unbarmherzigen Country-Musik-Händen zu entringen. Auch wenn er's nicht verdient hatte.

Ich stand draußen auf der Tenth Street in der Kälte und wartete. Die Tür des Lokals platzte auf, und Simmons kam auf den Bürgersteig gesegelt. Vor Wut zitternd, sammelte er sich zusammen und wollte in den Club zurück. Ich griff ihn beim Arm, aber es gelang ihm, die Tür aufzustoßen, und mit mir als Anhängsel taumelte er ein paar Schritte in den

Laden zurück. Glen und sein Pferdeschwanz kamen auf uns zu, stoppten dann. Simmons brüllte durch den Krach und das Geklapper der Bar.

»Ihr würdet auch Hank Scheiß-Williams hier rausschmeißen!« sagte er.

9

Ich setzte Simmons in ein Taxi und gab dem Fahrer den Auftrag, ihn zum Marylou's in der Ninth Street zu bringen, wo die Atmosphäre angenehmer war. Er wollte nicht nach Hause gehen, und ich wußte, daß es kein Mittel gab, ihn dazu zu zwingen. Zu Hause ist in New York ein Wort ohne Bedeutung. Bisweilen war es nirgendwo. Offensichtlich bedeutete es für Simmons nur wenig. Außer der Tatsache, daß die Katze dort war, hieß es auch für mich verdammt wenig.

Ich hatte von Simmons nichts erfahren, außer daß ich mit ihm nicht noch einmal das City Limits besuchen sollte. Ich hatte nicht einmal erfahren, ob er Linkshänder war.

Ich ging zu einer Telefonzelle gegenüber von Village Cigars und rief Chet Flippo im Writers' Room des Waverly an. Es war ein ruhiger Ort, wohin er sich bisweilen zurückzog, um an seinen laufenden Projekten zu arbeiten und sich vor dem Lärm und den Ablenkungen zu verstecken, die New York ausmachen. Ich fragte mich nur, ob es noch etwas anderes gab, wovor er sich verbarg.

Ich hatte im Augenblick nur fünf Verdächtige, die meiner Bearbeitung harrten, obwohl sich das Feld erweitern oder verengen könnte, wenn ich nur mehr wüßte. Ratso und Cleve schieden vermutlich aus. Ratso gab einen relativ brauchbaren, modernen Watson ab, und ich konnte es mir nicht leisten, ihn zu verlieren. Und Cleve war derjenige, der mich überhaupt erst in die ganze Barkin-Affäre verwickelt hatte. Bill Dick war auf seinem verdammten Boot gewesen. Chet Flippo und Mike Simmons waren Freunde von mir, aber wenn ich darüber nachdachte, so absolvierte sie das in keinster Weise. Wenn es um Mord geht, dann muß man bei den Leuten ein wenig genauer hinschauen, als wenn man sie mit Bar-Mizwa-Einladungen bedenkt.

Dann gab es da noch den glatzköpfigen, Kokain verteilenden Anwalt und die schicke, albionische Belichterin. Die konnte man nicht übersehen. Aber in mir bildete sich langsam ein unangenehmes Gefühl gegenüber diesem Fall.

Ich kaufte mir ein paar nette Glimmstumpen bei Village Cigars und überquerte forsch ausschreitend den Sheridan Square. Bei diesem Wetter mußte man forsch ausschreiten. Wenn man es nicht tat, erfror man unter Umständen, und irgendein avantgardistischer Soho-Künstler würde dich in seiner Galerie als Eisskulptur präsentieren. Man mußte zu jeder Jahreszeit vorsichtig sein, den Sheridan Square zu überqueren. Sonst könnte dort irgendwer etwas ganz anderes präsentieren.

Das High Five lag eine Stufe unter dem Niveau der Straße und so mancher anderer Orte. Es war eine jazz-orientierte Bar, die für »schmierig« ganz neue Maßstäbe setzte. Das High Five war bevölkert mit einer bunten Mischung verschiedenrassiger Paare, die der Gegend etwas Farbe verliehen. Die meisten schienen heterosexuell zu sein, aber man kann nicht alles haben. Eine gute Sache an dem Laden war, daß – wer zum Teufel man auch war – man niemals unpassend wirkte.

Flippo saß am Tresen, als ich eintrat. Er blickte mich mit farblosen Augen hinter einer metallgefaßten Brille an. Er sah nicht glücklich aus. »Setz dich«, sagte er.

Ich hatte Chet Flippo eine ganze Weile nicht getroffen. Wenn ich es so bedachte, hatte ich Chet Flippo noch nie getroffen. »Was willst du trinken?« fragte er. Er sah ziemlich harmlos aus, aber ich trieb mich lange genug in der Szene herum, um zu wissen, daß ziemlich harmlos immer gefährlich war. Seit 1982 traute ich nicht einmal mehr dem Osterhasen.

Ich bestellte ein Glas irischen Whiskey, dazu ein Bass Ale, damit es auf dem Mahagoni nicht so allein wäre. »War mal ein ganz netter Laden«, sagte ich. »Charlie Parker und Edith Piaf haben hier verkehrt.« Flippo beschaute den Dreck um sich mit ungläubigen Augen.

»Das erzählt man so«, sagte ich. Er nippte nervös an seinem Bier vom Faß. »Haben die Bullen mit dir geplaudert, Chester?« fragte ich.

»Korrekt«, sagte er und nickte einmal kurz mit dem Kopf.

»Was wollen sie wissen? War's wegen alter Falschpark-Tickets?«

»Ich hab ihnen gesagt, daß ich nicht fahre«, sagte er.

»Ausnehmend klug«, sagte ich. Selbst A. J. Foyt nahm sich in der Stadt eine Droschke. »Okay, Chester«, sagte ich, »was hat sich Donnerstag abend in Barkins Garderobe abgespielt? Spuck's aus, Kumpel.« Ich kippte den Schnaps runter und blickte ihn scharf an.

»Barkin und ich kennen uns so lala schon eine geraume Zeit«, sagte Flippo. »Ich habe einige seiner Auftritte für diverse Blätter besprochen. Ich hab seine verzuckerte Musik nie gemocht, und er hat meinen ätzenden journalistischen Stil nie gemocht, aber wir beide hegten gegenseitig einen neidisch-professionellen Respekt für die Arbeit des anderen.«

»Okay«, sagte ich, »erspar mir die ganzen Girlanden. Komm zum Kern der Sache.«

»Nun, ich war da eine ganze Weile und unterhielt mich mit Barkin. Vielleicht fünfzehn Minuten. Diese Fotografin, ich glaube, sie hieß Gunner Irgendwas oder so, sie war die ganze Zeit da und hat rumgeknipst. Der Barmann, Cleve und der Rausschmeißer, die schauten verschiedentlich kurz rein, während ich da war. Das war nach dem ersten Auftritt. Eine ganz gute Show, übrigens.«

»Fein, daß es dir gefallen hat. Fahre, so flehe ich, fort«, sagte ich gereizt, während ich einen neuen Drink bestellte.

»Dein Freund Ratso hatte es geschafft, sich da irgendwie reinzuschleichen. Ich glaube, Barkin wollte aus irgendeinem Grund, daß er aus der Garderobe verschwand.«

»Völlig verständlich«, sagte ich.

»Ratso war noch da, als ich zum erstenmal rausging, um von der Mantelablage ein Buch für Barkin zu holen.«

»Ein Buch?« fragte ich.

»Mein Buch über Hank Williams. Ich hab Barkin ein Exemplar gegeben.«

»Komisch«, sagte ich.

»Eigentlich nicht«, sagte Flippo. Ich verschenke das Buch sehr häufig an –«

»Das hab ich nicht gemeint, Kumpel. Diesmal ging der Schuß vorbei. Ich fand es komisch, weil das Buch weg war, als ich dort ankam. Die Leiche war da, aber das Buch war weg.«

»Yeah, also, ich signierte eins und brachte es ihm nach oben. Sie waren Ratso mittlerweile losgeworden. Und das war's auch schon.«

»Dir ist kein glatzköpfiger Anwalt aufgefallen, der Kokain an alle verteilt hat?« fragte ich.

»Nein, hab ich nicht gesehen«, sagte Flippo. »Ich hab ein gutes Auge fürs Detail. Mir wäre so was aufgefallen.« Er lachte in sich hinein, aber das Lachen schaffte es nicht ganz bis zu seinen Augen. Sie blieben farblos, emotionslos hinter der metallgefaßten Brille, wie ein Nazi-Bösling in einer Spätvorstellung.

»Entschuldige«, sagte ich. »Ich muß mal für kleine Mädels.« Er zog eine Braue hoch, ließ es aber damit bewenden. Ich ging in das Hintere des Ladens in einen winzigen Durchgang, wo die Toiletten und das Telefon waren. Das Herrenklo im High Five, so wußte ich aus persönlicher Erfahrung, befand sich ständig in einem solchen Zustand extremen Durcheinanders, daß selbst von einer flüchtigen Benutzung abzuraten war. Es war weit jenseits von »defekt«. Man hätte da nicht mal seinen Schlips zurechtrücken mögen.

Im Damenklo war offensichtlich gerade ein Deal über die Bühne gegangen, denn als ich es betrat, kamen gerade drei coole, einzelne Herren heraus. Nickten mir nicht mal zu.

Ich hielt mich nicht allzu lange auf, aber es reichte, um festzustellen, daß jemand ins Waschbecken gestrullt hatte. Das war an sich nichts Neues. Manche Menschen taten es, seit Lenny Bruce als erster moderner Mensch in ein Waschbecken gepißt und dem Vorgang eine gewisse Bedeutung verliehen hatte. Zweifellos hatte jemand in einer primitiven, australopithecinen Kultur schon vor Bruce ins Waschbecken gepißt. Aber konnte man das als Waschbecken bezeichnen? Und konnte man das als Kultur bezeichnen?

Als ich wieder zu Chet Flippo an der Bar stieß, hatte er bereits die Rechnung bezahlt und entnahm einer Aktentasche auf dem Boden ein Exemplar seines Buches. Der Barmann nahm das Geld vom Tresen, und während er es zählte, sah ich zwischen einem Zehner und einem Einer einen Zwei-Dollar-Schein vorbeihuschen. Ich sagte nichts. Flippo signierte das Buch und reichte es mir. Er hatte mit der linken Hand unterschrieben. Als wir hinaustraten, sah ich auf den Umschlag. Dort stand: *Your Cheatin' Heart. Eine Biographie über Hank Williams.*

»Packender Titel«, sagte ich.

10

Sonntag ist der Tag des Herrn. Er kann ihn geschenkt haben. Sonntage sind einsam, den Familien vorbehalten und weitgehend unproduktiv, wenn es um die Aufklärung von Morden geht. Am Sonntag gehen die meisten Leute zur Kirche. Selbst Bill Dick, ein Anhänger der Kirche der letzten Geschäftstage, ging vermutlich am Sonntag zur Kirche. Wenn er nicht auf seinem verdammten Boot herumschipperte. Anschließend pflegen die meisten Leute solche Tätigkeiten zu verrichten wie Joggen, ein Picknick im Park veranstalten oder ihre Autos langsam ausfahren.

Natürlich sieht man in New York nur wenige Picknicker. Die Parks in dieser Gegend sind für Picknicks nicht unbedingt einladend. Zudem war das Wetter so kalt wie Chet Flippos Augen.

Doch das Gute am Sonntag, das nahezu allen anderen Mist aufwog, war die vollkommene, überirdische Abwesenheit von Müllwagen. Man konnte in aller Ruhe mit den Zähnen knirschen. Man konnte sich seinem Kater voll hingeben. Man konnte dem löchrigen Gewebe der Träume nachhängen.

Sonntag ist ein vorzüglicher Tag für Reflexionen. Ich schaute in den Spiegel. Ich beschloß, mich nicht zu rasieren.

Ich machte mir Kaffee. Ich fütterte die Katze. Ich nahm ein Streichholz und zündete eine Partagas-Zigarre zu zwei Dollar und fünfundzwanzig Cent an. Hielt sie stets auf kleiner Flamme. Ich durchstreifte mein Loft in meinem lila Morgenmantel.

Ich schloß mit mir selbst eine kleine Wette ab. Wer würde zuerst anrufen: Uptown Judy oder Downtown Judy? Die besseren Chancen lagen wohl bei Downtown Judy. Sie war vermutlich ein wenig einsamer und ein wenig unglücklicher zu diesem Zeitpunkt ihres Lebens, aber wer weiß?

Mein Gott, dachte ich, vielleicht sollte ich eine von beiden anrufen.

Die Zeit schien reif, ein kleines sherlockiges Experiment durchzuführen, das mir durch den Kopf ging, seit ich im City Limits den linkshändigen Gitarristen gesehen hatte. Ich holte meinen Gitarrenkoffer aus dem Schrank, wischte ein paar Spinnweben ab und öffnete ihn. Meine Gitarre war eine Ovation, eine mit der großen, gewölbten Rückseite, die dich beim Spielen immer dicker aussehen läßt, als du wirklich bist. Sie hatte ein breites Griffbrett, etwa genauso groß wie an Larry Barkins Gibson.

Das Experiment, das ich vorhatte, war nicht unbedingt wissenschaftlich, aber ich hoffte, es würde etwas Licht in das Dunkel bringen, das ich die Untersuchung zu nennen wagte. Ich lehnte die Gitarre gegen meinen Tisch und schritt zielgerichtet in die Küche. Dort nahm ich den kleinen schwarzen Puppenkopf von seinem Stammplatz oben auf dem Kühlschrank in der Nähe des Küchenfensters. Ich legte ihn mitten auf den Küchentisch und ging zurück zum Schreibtisch, um die Gitarre zu holen.

Die einzige Möglichkeit, jemand mit einer Gitarre zu ermorden, war, ihn mit der Kante zu erschlagen oder ihn in der Mörser-und-Stößel-Technik mit dem breiten Ende des Schallkörpers zu zermalmen. Eine andere, weitverbreitete Methode war, das Opfer zu Tode zu langweilen, indem man sie spielte. Dies traf allerdings im vorliegenden Fall nicht zu. Ebensowenig, vom Zustand der Barkin-Gitarre zu schließen, die Mörser-und-Stößel-Technik. Der Mörder, den ich suchte, hatte die verbreitetste Art des Gitarren-Mordes angewandt – die Mickey-Mantle-Methode, bei der die Gitarre wie ein Baseballschläger geschwungen wird, um den Kopf des Opfers downtown zu befördern. Darauf wies, meiner Ansicht nach, alles deutlich hin. Darauf kamen sogar die Bullen.

Der Aufschlagpunkt an Barkins Gitarre lag an der Oberseite des Schallkörpers. Das hatte ich in der Garderobe gesehen. Einige Country-Sänger kleben Spickzettel auf diesen Teil ihres Instruments, mit Song-Titeln, Witzen und vielleicht dem Namen des Ortes, wo sie gerade auftraten, wenn sie schon lange auf Tour waren. Ich hab niemals Spickzettel auf meine Gitarre geklebt. Ich benutzte immer die Innenseite meines Huts.

Ich unternahm von der linken Seite ein paar Probeschwünge nach dem Puppenkopf. Ich hielt die Gitarre mit beiden Händen um das Griffbrett. Ich hielt sie vorn am Hals, Vorderseite nach oben. So hatte es Barkins Angreifer vermutlich auch getan. Die Gitarre fühlte sich angenehm in meinen Händen an. Ich machte einen Schlag, einfach so, nach dem Puppenkopf und schwang von links nach rechts. Er flog quer durch das Zimmer. Die Katze sprang auf den Schreibtisch. Die Katze verabscheute Gewalt jeder Art.

»Keine Angst«, sagte ich. »Das ist nur ein Versuch.« Ich sammelte den Puppenkopf auf und legte ihn zurück auf den Tisch. Jetzt kam der entscheidende Augenblick des Experiments. Ich drehte die Gitarre mit der Vorderseite nach unten und machte ein paar Probeschwünge von rechts. Das Griffbrett fühlte sich unangenehm an, rutschte mir fast aus der Hand. Die Stahlsaiten schnitten mir in die Finger. Wegen der runden Rückseite des Halses war es fast unmöglich, die Gitarre gerade zu halten. Es wäre, so war ich überzeugt, äußerst schwierig, von rechts einen harten Schlag auszuführen, mit der Vorderseite der Gitarre nach unten. Mit anderen Worten, wenn ein Rechtshänder Barkin umgebracht hätte, hätte er die Gitarre mit der Vorderseite nach oben halten müssen. Aber dann wäre die Gitarre auf der Unterseite des Schallkörpers kaputtgegangen. Die Gitarre war im oberen Teil des Schallkörpers beschädigt. Deshalb, wenn mich meine Kombinationen nicht völlig in die Irre führten, mußte der Mörder Linkshänder sein.

Ich ging stante pede zum Telefon und wählte Mike Simmons' Nummer. Es war 03:17 nachmittags, doch ich weckte ihn mit dem vierten Klingeln aus einem tiefen Schlummer.

»Mike«, sagte ich mit etwas Nachdruck, »Wahrschau!«

»Hä?« sagte er.

»Mike«, sagte ich. »Hier ist Kinky. Bist du eigentlich Linkshänder?«

»Yeah«, sagte er, ein bißchen irritiert. »Wieso?«

»Kein Problem«, sagte ich. »Es ist nichts.«

»Warum, zum Teufel, weckst du mich dann und fragst mich, ob ich Linkshänder bin?« Das war eine logische Frage, und ich war auf sie nicht ganz unvorbereitet. Dennoch mußte ich einen Schritt nachdenken. Ich paffte einen tiefen Zug aus der Zigarre, die ich rauchte.

»Wir bereiten einen Wettbewerb für Lefty-Frizzell-Imitatoren vor, Simmons«, sagte ich, »und ich wollte nur sichergehen, ob du dafür in Frage kommst.« Ich legte den Hörer auf.

Lefty Frizzell war ein bedeutender Country-Sänger, der vor geraumer Zeit gestorben war. Aber in der Klemme kam er immer noch zupaß.

Ich wählte die Nummer vom Lone Star Café. Ich hörte Musik und Lachen im Hintergrund. Das Geschäft hatte wegen des Mordes an Larry Barkin vielleicht etwas nachgelassen, aber das Lone Star schien aus der Situation das Beste zu machen. Es war vermutlich eine Wasserstoffbombe nötig, um dem Laden den Rest zu geben.

»Lone Star Café«, ertönte eine süße, fade Stimme.

»Yeah«, sagte ich, »ist Cleve da?«

»Wer ist am Apparat, bitte?« fragte sie.

»Sag ihm, Kinky ist dran«, sagte ich.

»Oh, Kinky«, überschlug sich die Stimme, »wann spielst du mal wieder im Lone Star?«

»So bald nicht«, sagte ich, »bei den Umständen.«

»Oh«, sagte sie. »Einen Augenblick, bitte.« Eine süßliche Country-Platte dudelte aus dem Hörer, während ich wartete. Klang wie ein Larry-Barkin-Song. Dann hob Cleve ab.

»Cleve«, sagte ich, «kannst du mir etwas helfen?«

»Dies ist zwar nicht der Telefon-Notdienst, aber ich will sehen, was sich machen läßt«, sagte er.

»So laß ich's mir gefallen«, sagte ich. »Wie heißt diese insulare Schickse, Darling, und würdest du mir ihre Telly-Nummer zuflöten?«

»Du willst die Nummer von ihrem Fernseher?« fragte Cleve.

»Nein, verdammt«, sagte ich. »Gib mir die Nummer von dem, was hierzulande Telefon heißt.« Er gab mir Gunners vollen Namen und ihre Telefonnummer.

»Macht sie's mit links?« fragte ich.

»Wie bitte?«

»Hast mich schon verstanden«, sagte ich. »Ist sie Linkshänderin?« Ich kam mit Cleve immer schnell auf den Punkt.

»Keine Ahnung«, sagte er.

»Ich find's raus«, sagte ich. Selbst wenn sie Rechtshänderin wäre, würde es sie nicht automatisch entlasten. Sie könnte einen Komplizen gehabt haben, der Barkin eine gedonnert hatte. Vielleicht hatte sie ihn nur mit seinem kleinen rosa Cowboy-Tüchlein erdrosselt. Aber das war unwahrscheinlich. Eigentlich war die ganze Sache unwahrscheinlich.

»Was ist mit dem glatzköpfigen Anwalt, der Kokain verteilt?«

»Was ist mit ihm?« fragte Cleve.

»Ist er Linkshänder?«

»Ich weiß nicht mal, wer er ist«, sagte Cleve. »Aber er bietet das Kokain-Röhrchen mit der rechten Hand an.«

»Kein Beweis«, murmelte ich. Ich dankte Cleve und legte den Hörer zur Ruhe. Entweder hatte ich einen ganzen Haufen zu tun, oder ich hatte absolut nichts zu tun. Ich wußte nicht genug über den Fall, um zu wissen, was zutraf.

Ich ging hinüber in die Küche und fand eine Flasche Jameson und mein altes Stierhorn und nahm beide mit zum Schreibtisch. Ich goß eine großzügige Portion ins Stierhorn. Ich machte die höfliche Geste eines Toastes zur Katze und hatte es fast geschafft, das Stierhorn an die Lippen zu setzen, als die Telefone klingelten.

Während ich das Stierhorn vorsichtig balancierte, griff ich zum Hörer zur Linken. »Sprechen Sie jetzt«, sagte ich knapp.

»Hi, Honey«, sagte die Stimme im Apparat. »Was läuft so? Was hast du heute gemacht? Ich hab dich vermißt.«

Es war Downtown Judy. Ich kippte den Drink runter.

11

Die nächsten paar Tage versanken in das, was manche als geistlosen Nebel bezeichnen würden. Eigentlich traf das nicht hundertprozentig zu. Manches in der Öde war durchaus präzise definiert. Wie beispielsweise meine Verabredung am Dienstagnachmittag mit Bill Dick im Lone Star Café. Cleve beteiligte sich an der Konferenz. Wir hatten ein Tripel-Lone-Star-Bier-Lunch.

»Jesus«, sagte Bill Dick, »diese Macker sind dreihundertsiebenundneunzig Tage im Jahr auf Tour. An sich könnte man erwarten, daß sie sich einen anderen Ort aussuchen könnten, um ermordet zu werden. Zum Beispiel Nashville oder Austin oder sonstwo. Da unten gibt's doch auch Country-Musik, oder?«

»Yeah«, sagte ich. »Vermutlich sogar bessere.« Dick starrte mich an.

»Also, vielleicht nicht in Nashville«, sagte ich.

Der Barmann brachte uns drei Schalen Five-Alarm-Chili und eine neue Runde Bier.

Dick hob seine Flasche Lone-Star-Bier in die Höhe und blickte mir tief in die Augen. »Egal, wie erfolgreich ich auch bin«, sagte er, »egal, ob mir dieser Laden hier gehört oder nicht, ich trinke mein Bier aus der Flasche. So bin ich halt. Ja oder nein, Kinkster?«

»Ja, Bill«, sagte ich. Ich nahm einen Schluck aus meinem Glas.

»Ich bin immer echt. Ich scheiß dich nie an. Ja oder nein, Kinkster?«

»Ja, Bill«, sagte ich.

»Und ich mach mir Sorgen. Echt Sorgen. Wenn wir den Killer nicht erwischen, können wir die Zelte abbrechen ... den Vorhang fallen lassen ... unsere Pferde freisetzen ... die Segel streichen ...«

Er nahm einen Schluck aus der Flasche und bastelte noch die eine oder andere Metapher. Dann war er fertig. Ich blickte stumm und rührte in meinem Chili.

Wenn schon meine Verabredung im Lone Star kein rasender Erfolg geworden war, so hatte ich noch mehr Probleme, mit Prinzessin Di in Kontakt zu kommen. Vielleicht versteckte sich die britische Knipse in ihrer Dunkelkammer und versuchte, ihr Alibi zu entwickeln. Ich hatte ihr in den letzten drei Tagen fünf Nachrichten auf die Maschine gesprochen, und langsam ging mir der Charme aus. Das Katzenfutter ging mir ebenfalls aus. Es war nur noch eine Dose mit Kalbshäppchen in Soße übrig. Die Katze haßte Kalbshäppchen in Soße. Ich hatte sie in einer winterlichen Nacht gefunden, als sie noch ein kleines Kätzchen war, das sich in einer einsamen Straße in Chinatown verlaufen hatte. Wenn sie es auf die andere Seite der Canal Street nach Little

Italy geschafft hätte, würde sie Kalbshäppchen in Soße vermutlich mögen.

Ich beschloß, noch einmal einen britischen Lockruf loszulassen, und wenn dem kein Erfolg beschieden war, würde ich vermutlich eine Expedition unternehmen müssen. Es war 06:07 an einem Mittwochabend, wie mir die Computer-Uhr anzeigte, als ich endlich Kontakt mit Gunner hatte.

»Hallo«, sagte sie reichlich munter. Hörte sich an, als sei sie gerade dabei, in Eile das Stativ aufzubauen. Als ob sie sich beeilen müßte, etwas zu erwischen, ehe es weg war. Daran war ich gewöhnt. Alle Fotografen hörten sich so an. Außer jenen, die für das Leichenschauhaus arbeiteten.

»Sechsmal bricht den Bann, oder?« sagte ich.

»Wer sind Sie?« fragte sie. Sie war nicht Professor Higgins, aber ihr Akzent klang für meine Ohren ganz gut.

»F. Stop Fitzgerald«, sagte ich. Dachte, ein etwas lockerer Ansatz würde passen.

»Wer zum Teufel sind Sie?« drängte sie. Ein Akzent, wie so manche andere Komponenten einer Frau, gewinnen an Attraktivität, wenn die Frau etwas wütend ist. Das sollte man jedoch niemals erwähnen, außer man will erreichen, daß die Frau wirklich wütend wird, was dann überhaupt nicht attraktiv ist.

»Schau mal«, sagte ich, »ich heiße Kinky. Ich habe deine Nummer von Cleve vom Lone Star. Ich helfe ein bißchen bei der Barkin-Affäre aus. Ich muß mit dir reden.«

»Die Polizei hat schon mit mir geredet.«

»Das weiß ich. Ich will dich trotzdem sprechen.«

»Sind Sie etwa Detektiv?« fragte sie.

»Ich bin nicht vom Yard«, sagte ich, »aber ich bin ein enger Freund von Mick Brennan.« Mick war ein berühmter Reporter, der, neben anderen Heldentaten, über den Falkland-Krieg vom argentinischen Festland aus berichtet und das überlebt hatte, um gern und häufig davon zu erzählen. Brennan war zudem ein Freund von Michael Caine, was immer das bedeuten mochte.

»Sie kennen Mick Brennan?« fragte sie. Sie war jetzt interessiert. Vermutlich sah sie eine Karriere-Chance.

»Klar kenn ich Mick«, sagte ich. »Hab ihn vor ein paar Wochen getroffen. Im Tavern on the Green, glaub ich.« Eigentlich hatte ich Brennan im Herrenklo vom Monkey's Paw getroffen, aber es lag mir fern, die Illusionen einer jungen Frau zu zerstören. Eine Kneipe ist so gut wie die andere.

»Kinky«, sagte sie, »ein Mann ist ermordet worden. Dieser Mick Brennan ist mir genauso wie Sie verdammt egal. Wenn ich mit Ihnen rede, dann nur, weil ich eine moralische Verpflichtung verspüre, dabei zu helfen, einen bösen, kaltblütigen Mörder zu fangen, und nicht Ihretwegen oder Ihrer Bekannten wegen.«

»Hört sich doch klasse an«, sagte ich.

»Bringen wir es doch am besten gleich hinter uns«, sagte sie mit einem ziemlich britisch klingenden Seufzer. »Wissen Sie, wo ich wohne?«

Sie gab mir die Adresse.

Zehn Minuten später schlidderte ich die Third Avenue zur Thirty-eighth Street hinauf.

Weitere zehn Minuten später beglotzte mich der Portier in Gunners Gehäuse und telefonierte nach oben, um zu erfahren, ob ich der wäre, der ich behauptete zu sein. Oder zumindest, ob sie denjenigen, der ich behauptete zu sein, erwartete. Beides fand seine Bestätigung. Ich nahm den Aufzug zum dritten Stock.

Gunner kam an die Tür. Sie war ansehnlich, blond, britisch und, wie sich erwies, rechtshändig. Sie machte etwas Tee, während ich mich im Wohnzimmer umschaute. Eigentlich war es gar kein Wohnzimmer; es war ein Fotostudio mit zwei Teetassen darin.

Der Tee ließ sie etwas auftauen, aber sie erzählte mir nicht viel, was ich noch nicht wußte. Und das war nicht viel. Sie hatte bereits sämtliche Filme, die sie in der Lone-Star-Garderobe verknipst hatte, der Polizei übergeben. Sie hatte kurz Chet Flippo, Mike Simmons und Ratso kennengelernt sowie, natürlich, Larry Barkin und seine beiden Brüder, die beide offensichtlich eine kleinere Garderobe am anderen Ende des Flurs benutzten. Sie hatte die Aufnahmen von Barkin für ein europäisches Mode-Magazin gemacht, was entweder bewies, daß Country-Musik groß in Mode kam oder daß europäische Mode-Redakteure eine etwas lange Leitung hatten. Sie hatte den glatzköpfigen Anwalt gesehen, aber nicht gesprochen.

Ihre Katze hieß Dennis.

»Schau mal, Gunner«, sagte ich, »ich weiß, daß ich oder Mick Brennan dich überhaupt nicht interessieren, aber wie wär's, wenn du mal mit uns einen trinken gehst. Ich bin übrigens gerade auf dem Weg zu ihm.«

»Also, Kinky . . .« sagte sie. Es war ein schüchternes, herzliches und wohlerzogenes Aufbruch-Signal, und mir gefiel vor allem der Unterton, den sie dem »Kinky«-Teil zu geben begann.

Wir liefen die Third Avenue hinauf zur Forty-fourth Street und die Forty-fourth halb hinunter bis zu Costello's Bar. Costello's war die Kneipe, in der nahezu jeder durstige Zeitungsschreiber New Yorks einen trinken würde, und durstig war praktisch jeder Zeitungsschreiber New Yorks.

Wir traten ein und gingen ans hintere Ende der Bar. Ich sah einige Köpfe sich uns zuwenden. Die Kameradin war nicht schlecht im visuellen Bereich. Mir war nicht klar, wie klug sie war, wie schlau sie sein konnte, oder wie sie war, wenn sie ihre Kamera ablegte, aber sie besaß die Charakterstärke, sich aus mir oder Mick Brennan nicht das geringste zu machen. Und sie schlug einige Wellen im Costello's.

Brennan saß am hintersten Ende des Tresens in Begleitung eines Heineken und meines alten Kumpels McGovern von der ›Daily News‹. McGovern arbeitete an einem äußerst umfangreichen Wodka-Tonic. Keiner von beiden schaute auf, als wir uns näherten.

»Da naht Ärger«, sagte Brennan. Sie guckten beide ziemlich begeistert aus der Wäsche.

»Gunner«, sagte ich, »das ist mein Freund McGovern von der ›Daily News‹.«

»Und ich bin Jimmy Olsen vom ›Daily Planet‹«, sagte Brennan.

»Und dies ist meine junge Freundin Gunner, eine furchtlose Fotografin«, sagte ich. McGovern lachte ein lautes, fast obszönes Lachen. Gunner ignorierte es.

»Ich bewundere Ihre Arbeit, Mr. Brennan«, sagte Gunner, »und ich habe Ihren Namen ziemlich oft gelesen, Mr. McGovern.«

»Das ist mehr, als er von sich selbst behaupten kann«, sagte Brennan.

»Entzückend«, sagte McGovern.

Gunner und ich nahmen neben den beiden an der Bar Platz. Sie bestellte ein Glas Rotwein und ich einen Jameson und ein Glas Victoria Bitter. Gunner und Brennan vertieften sich in eine kleine fotografische Fachsimpelei, und ich hatte die Chance, McGovern um einen kleinen Gefallen zu bitten.

»Kannst du mir etwas aushelfen, McGovern?« fragte ich höflich.

»Nein«, sagte McGovern.

»Es ist wichtig«, sagte ich.

»Unmöglich«, sagte McGovern. Ich bestellte für uns vier noch eine Runde.

»Ich wüßte gerne, was ihr im Archiv über Chet Flippo habt. Er ist Musik-Journalist. Hat ein Buch über Hank

Williams rausgebracht. Ich wüßte gern, was er sonst noch gemacht hat. Außerdem alles über Larry Barkin, den Country-Sänger, der sich letzte Woche hat umbringen lassen.«

»Ruf mich morgen nachmittag in der Lokalredaktion an.«

»Bist ein echter Kumpel, McGovern«, sagte ich.

»Ich hab es geahnt«, sagte er.

»Wollen Sie ein paar Aufnahmen von dem Viech sehen?« fragte Gunner und griff in den Riesenbeutel, den sie mit sich herumtrug.

»Ich kenn genug Fotos von McGovern«, sagte Brennan.

»Ich mein das Viech oben auf dem Lone Star Café«, sagte Gunner.

»Der Leguan«, erläuterte McGovern für Brennan. Der Leguan war ein berühmtes, fünfzehn Meter langes Monstrum, das Bob Wade geschaffen hatte, ein Freund von mir und Künstler aus Dallas. Es sah so ekelhaft aus, daß die zimperliche Vereinigung der Ladenbesitzer in der Fifth Avenue bei der Stadt erreicht hatte, daß das Monstrum entfernt werden sollte. Aber zu dem Zeitpunkt war der Leguan schon so berühmt und fast zur Touristen-Attraktion geworden, daß die Stadt ihre Entscheidung revidierte und die Wiedererrichtung der Kreatur anordnete, zur äußersten Befriedigung Bill Wades und zum extremen Verdruß des Ladenbesitzer-Verbands. Heute starrt sein Riesenhaupt triumphierend über die Fifth Avenue.

Um den Leguan näher zu betrachten, braucht man lediglich so lange zu warten, bis der Sicherheits-Typ vom Club nach unten geht, um die Herrentoilette aufzusuchen. Dann geht man hoch in den dritten Stock und schlängelt sich wie ein Wurm in die Garderobe am Ende des Flurs. Fragen Sie Ratso, wie man das macht. Dann drückt man die unverschlossene Eisentür auf, die zum Dach führt, und schon befindet man sich auf gleicher Höhe mit den etwas ungepflegten Zehennägeln des Leguans und blickt direkt in seine riesigen Fifth-Avenue-hassenden Augen. Ein ausgezeichneter Platz, um einen Mint Julep zu genießen. Ich selbst hab da schon einige Sachen genossen, unter anderem eine der Serviererinnen des Clubs.

Gunner nahm einen Kontaktbogen und eine Lupe heraus und legte sie auf den Tresen. Brennan und McGovern beugten sich vor, um ihn anzuschauen. Ich ließ mir etwas Zeit, denn ich hatte den Leguan schon jedesmal gesehen, wenn ich im Lone Star spielte, sowie in einigen meiner harmloseren Albträume.

»Wann hast du die denn gemacht?« fragte ich Gunner.

»Letzten Donnerstag nacht«, sagte Gunner. »Auf dem Film sind nur der Leguan und ein paar Männer, die im Washington Square Park Schach spielen, deshalb hab ich ihn erst heute morgen entwickelt. Die Polizei hat alles andere haben wollen, was ich an dem Abend fotografiert habe.«

Ich beugte mich mit lediglich lauem Interesse über den Kontaktbogen. Ich sah es zunächst gar nicht. Ich nahm die Lupe und betrachtete oberflächlich einige Aufnahmen. Etwa in der Mitte des Bogens brach ich ab. Fast hätte ich es übersehen.

Als ich mit der Lupe ein Bild zurückging, traf es mich fast wie ein Volltreffer von Joe Palooka. Die Tür zum Dach stand offen, und auf der hinteren Wand der Garderobe war etwas, was wie ein verschwommener Schatten aussah.

»Was hältst du davon, Mick?« fragte ich Brennan.

»Es ist das Bild eines Mannes, der das Schattenbild einer Ente macht, Kumpel«, sagte er. Ich hörte ein scharfes Einatmen, als Gunner den Schatten auf dem Foto betrachtete. Sie kam auch drauf.

»Nein, leider falsch, Kumpel«, sagte ich, als ich einen letzten Schluck Jameson runterstürzte. Ich war unsicher, ob es der Jameson war oder das, was ich gerade durch die Lupe gesehen hatte, was mich mit leiser und heiserer Stimme reden ließ, nahezu flüsternd. Vielleicht lag es an beidem.

»Das Bild zeigt, wie ein Mann einen anderen umbringt«, sagte ich.

12

»Ärgerlich nur, daß es ein rechtshändiger Schatten ist«, sagte ich zu Ratso. Wir saßen am Küchentisch in der 199B Vandam und warteten, daß der Kaffee kochte oder sonst was passierte. Was auch immer zuerst käme.

Der Kaffee kochte. Ich goß uns beiden eine Tasse ein.

»Wie ich sehe, bist du selbst Linkshänder«, sagte Ratso, während er die Küche auf der Suche nach Zucker und Milch durchstöberte.

»Du bist sehr scharfsichtig, mein lieber Ratso«, sagte ich. »Natürlich bin ich Linkshänder. Sind nicht alle link?«

»Ich bin nicht link«, sagte Ratso.

»Nein, wie könntest du auch«, sagte ich.

Die Katze sprang auf den Küchentisch und begann auf Ratsos Kaffeetasse zuzugehen.

»Geh runter«, sagte Ratso zur Katze. Die Katze sagte gar nichts.

»Ratso«, sagte ich, »stell dir doch mal vor, du bist hier Gast, und die Katze und ich sind deine Gastgeber, und wir alle reiten auf Dr. Dolittles riesiger, rosa Meeresschnecke.«

»Schon gut«, sagte Ratso, »wir sitzen auf dieser verdammten, riesigen, rosa Meeresschnecke, und wir reisen zurück zur Donnerstagnacht und untersuchen den Mord an Larry Barkin. Was sehen wir also?«

»Wir sehen eine Überzahl von Linkshändern, den rechtshändigen Schatten eines Mörders und einen Zwei-Dollar-Schein.«

»Okay«, sagte Ratso, »du findest am Tatort einen Zwei-Dollar-Schein in Barkins Tasche. Der Hank-Williams-Song ›Hey, Good Lookin'‹ kommt per Post, adressiert an das Opfer und vor der Mordzeit abgestempelt. Korrekt?«

»Korrekt«, sagte ich. Ich stand auf und goß uns noch einen Kaffee ein. Die Katze sprang vom Küchentisch und auf den Schreibtisch und rollte sich unter der Lampe zusammen. »Sie ist in Miami Beach«, sagte ich.

»Wer?« fragte Ratso.

»Die Katze«, sagte ich.

»Und in diesem Song«, sagte Ratso, »wird ein Zwei-Dollar-Schein erwähnt. ›A hot rod Ford and a two-dollar bill.‹ Also ist derjenige, der Barkin den Zwei-Dollar-Schein gegeben oder anschließend in die Tasche gesteckt hat, der Mörder und Absender des Songs. Aber wozu gibt er uns dieses offensichtliche Vorzeichen oder diesen Schlüssel? Wozu diese Verbindung zu Hank Williams?«

»Dies sind tiefe Wasser, mein lieber Ratso, für die rosa Meeresschnecke. Hank Williams besitzt seit vielen Jahren eine nahezu magische Wirkung auf Millionen Menschen. Ich weiß, welche Macht er, selbst als Toter, auf Leute hat. Er ist nämlich einer meiner Hausheiligen.«

»Wirklich?« fragte Ratso.

»Klar«, sagte ich. »Genauso wie Jesus, Hitler und Bob Dylan deine Hausheiligen sind, hab auch ich drei.«

»Tatsache?« sagte Ratso, »wer sind die beiden andern außer Hank Williams?«

»Anne Frank und Ernie Kovacs«, sagte ich.

»Klar«, sagte Ratso. »Aber was ist mit Sherlock?«

»Ich bin Sherlock«, sagte ich.

»Und wer, zum Teufel, bin ich?« fragte Ratso. »Dr. Watson oder Dr. Dolittle?«

»Freie Auswahl«, sagte ich. »Das sind die einzigen beiden Doktoren, die noch ins Haus kommen.«

Es war zwei Tassen Kaffee später, und Ratso erhob sich gerade, um seinen Mantel zu suchen, als die Telefone klingelten. »Wart mal einen Moment«, sagte ich, während ich zum Schreibtisch ging und den Hörer zur Linken abhob.

Es war Detective Sergeant Cooperman, und seine tiefe, knarrende Stimme kam aus dem Hörer auf mich zu wie eine Bowlingkugel. Offenbar hatte Gunner ihm den Kontaktbogen übergeben.

»Nun«, sagte ich in den Hörer, »vielleicht mordet er links, läßt sich aber rechts fotografieren.«

Ich werde nicht wiederholen, was Cooperman darauf sagte, aber seinem Gedankenflug lag die Frage zugrunde, warum ich alle Welt in New York fragte, ob sie Linkshänder wären, während Cooperman justament den fotografischen Beweis betrachtete, der eindeutig darauf hinwies, daß der Mörder Rechtshänder sei? Er sagte noch einige andere Dinge und hängte dann ein. Ratso war zum Kühlschrank hinübergegangen, hatte die Tür geöffnet und schaute nun hinein.

Ich hatte Ratso schon vom Schatten auf dem Kontaktbogen berichtet und elaborierte nun detailliert mein Gitarren-Experiment, das ich am letzten Sonntag im Loft veranstaltet hatte. »Du verstehst«, sagte ich, »daß ich immer noch glaube, daß der Mörder linke Haken schlägt. Irgendwo steckt ein Fehler.«

»Nun«, sagte Ratso, »ein rechtshändiger Schatten ist besser als gar kein Schatten.«

»Nicht, solange ein linkshändiger Irrer herumläuft und seinen nächsten Mord plant«, sagte ich.

»Oh«, sagte Ratso, »dann werden wir also wieder von Hank hören.«

»Da bin ich ganz sicher«, sagte ich. »Nichts ist gefährlicher als die Arroganz eines raffinierten Mörders. Und es ist mir nicht gelungen, das mindeste zu beweisen. Die Untersuchung verläuft sich mit rasender Geschwindigkeit.«

»Sei doch nicht so hart mit dir selbst«, sagte Ratso. »Du bist zu negativ.«

Ich zündete gedankenvoll eine Zigarre mit einem Streichholz an. »Das war es, Kumpel«, sagte ich sanft. »Du hast es gerade gesagt. Ich muß diesen verdammten Kontaktbogen wieder in die Finger kriegen. Die alten Männer, die im Washington Square Park Schach spielen.«

Ich ging schnell zum hinteren Ende des Lofts. »Komm mal her, Ratso«, sagte ich. »Schau dir mal das Bild an der Wand an.« Es war ein gerahmtes Foto eines älteren Mannes, der mit einem kleinen Jungen Schach spielt. »Das ist Samuel Reshevsky, der Weltmeister, der Houston, Texas, besuchte und eine Simultanpartie gegen fünfzig Leute spielte und alle schlug. Der Junge war der jüngste Gegner, gegen den Reshevsky an jenem Abend spielte. Ich glaube, er war damals erst sieben Jahre alt, deshalb druckte der ›Houston Chronicle‹ sein Foto auf der Titelseite. Reshevsky sagte später zum Vater des Jungen, daß es ihm leid täte, den Jungen geschlagen zu haben, aber er habe die Partie ernst nehmen müssen, denn gegen einen Siebenjährigen zu verlieren, wäre dem Ruf eines Großmeisters zu abträglich.«

Ratso betrachtete das Bild ein wenig. »Und woher weißt du das alles?« fragte er.

»Ich war der Junge«, sagte ich.

Ratso sah das Foto noch einmal an. Ich tat es ebenfalls. Das Gesicht strahlte eine Unschuld und eine scharfe, kindliche Intensität des Geistes aus, die ich nicht mehr entdekken konnte, wenn ich in den Spiegel schaute, und die, so hoffte ich, sich zumindest in meinem Herzen bewahrt hatte.

»Dieses Foto«, sagte ich, »verrät uns etwas Wichtiges über den Schatten, der Larry Barkin ermordet hat.«

»Laß mich raten«, sagte Ratso. »Der Mörder kommt aus Houston.«

Ich nahm ein paar geduldige Züge aus der Zigarre und schaute Ratso an. »Nicht ganz«, sagte ich.

13

Ich verbrachte den größten Teil des Donnerstags damit, den glatzköpfigen Anwalt ausfindig zu machen, aber ich konnte weder Haut noch Haare finden. Es war kaum zu glauben, daß niemand, mit dem ich sprach, mir seinen Namen verraten konnte. Daß sie alle vermutet hatten, er sei mit jemand anderem in die Garderobe gekommen. Man sollte annehmen, daß Leute mehr auf einen glatzköpfigen Anwalt achteten, der Kokain verteilt.

Am späten Nachmittag rief ich die Lokalredaktion der ›Daily News‹ an.

»Lokalredaktion«, meldete sich eine geschäftige, zerstreute Stimme.

»Ist McGovern da?« fragte ich.

»Ich kann ihn nicht sehen«, sagte die Stimme.

»Konnte McGovern nie sehen«, sagte ich. »Also, wenn er kommt, möchte er bitte Holmes anrufen.«

»Mach ich«, sagte die Stimme. Ich fütterte die Katze und beantwortete eine brutale, unerbittliche Serie sinnloser Telefonate voll Schall und Rauch, denen nichts zu entnehmen war, außer daß mein Telefon immer noch funktionierte und ein Kerl namens Joe aus Little Italy in der kommenden Woche eine Espresso-Cappuccino-Maschine in meinem Loft abliefern wollte als Zeichen der Dankbarkeit dafür, daß ich ihm im vergangenen Jahr in einer gewissen Situation geholfen hatte. Ich weise Dankbarkeitsgesten nie zurück. Speziell wenn sie aus Little Italy kommen. Die anderen Anrufe, in zufälliger Reihenfolge, kamen von Downtown Judy, die ankündigte, sie wollte rüberkommen. Ich sagte okay. Von Bill Dick im Lone Star, der wissen wollte, ob ich Fortschritte gemacht hätte. Ich sagte okay. Von Uptown Judy, die sagte, sie würde runterkommen. Ich sagte okay. Und von Ratso, der wissen wollte, was das Foto von mir und Samuel Wie-hieß-er-noch beim Schachspiel bedeuten sollte. Ich sagte »Reshevsky«.

Zwischen den Anrufen ging ich hinüber zum Küchenfenster und beobachtete, wie sich die trübe Dunkelheit über das trübe November-Grau von New York City schob. New York war jene Art Örtlichkeit, wo man sich vor allem verstecken konnte. Möglicherweise sogar vor sich selbst.

Um Viertel nach sieben rief ich noch mal die ›Daily News‹ an. McGovern war am Apparat.

»Lokalredaktion«, sagte er.

»Warum hast du mich nicht angerufen, süßeste Lippen?«

»Ich hab keine Nachricht von dir bekommen«, sagte McGovern.

»Ich hab eine Nachricht hinterlassen, du möchtest Holmes anrufen. Eine Art Pseudonym. Dachte, du würdest es verstehen.«

»Scheiße«, sagte er, »die Nachricht, die ich bekam, lautete, ich solle daheim anrufen. Ich wußte, daß das nicht stimmen könnte.« McGovern war ein überzeugter Junggeselle und lebte in einem kleinen Apartment in der Jane Street, solange ich ihn kannte. Er hatte keinen lebenden Familienangehörigen und nur sehr wenige tote.

»Du beliebst zu scherzen«, sagte ich.

»Hey, ich hab was für dich«, sagte McGovern.

»Spuck's aus«, sagte ich. Es wurde langsam Zeit, daß jemand irgendwas für mich hatte. Nicht daß ich jemals erwartete, die Lösung des Problems sei einfach. Wenn der Killer jemand war, den ich nicht kannte, möglicherweise nicht einmal verdächtigte, wie zum Teufel sollte ich ihn dann finden? Wenn er jemand war, den ich kannte, dann mußte er ein ganz schön kranker Typ sein.

»Zunächst Flippo«, sagte McGovern. »Offensichtlich ist Flippo eine Art literarischer Leichenfledderer. Er schreibt nur über tote Leute.«

»Das ist doch gar nicht so seltsam, McGovern«, sagte ich. »Du hast mir doch selbst erzählt, daß du der Spitzenmann der ›Daily News‹ seist, wenn es darum geht, Nachrufe für noch Lebende zu schreiben. Das ist nicht nur Leichenfledderei, das ist Zynismus.«

»Yeah«, sagte McGovern, »aber es erfordert sehr viel Phantasie. Du solltest mal den Nachruf sehen, den ich gerade auf Bob Hope verfaßt habe. Willst du ihn hören?«

»Vielleicht ein andermal«, sagte ich. »Der hält sich ja.«

»Yeah, aber Bob auch?« fragte McGovern.

»Zurück zu Flippo«, sagte ich.

»Hier ist ein Ausschnitt aus einer Rezension zu Flippos Buch *Your Cheatin' Heart*: ›Was dieses Buch von anderen Büchern über Hank Williams unterscheidet, ist, daß hier Gedanken, Gefühle, Szenen und Geschehnisse beschrieben werden, die allein Hank Williams selbst kennen konnte.‹«

»Das ist bizarr genug, um mich zur Lektüre des Buches anzuregen«, sagte ich. »Natürlich hab ich nie den Amelia-Earhart-Schnellesekurs absolviert, oder wie das heißt, und bei meinem Hilfsschultempo werde ich es wohl erst durchhaben, wenn es zu spät ist.«

»Zu spät wofür?« fragte McGovern.

»Das sag ich lieber nicht.«

»Klar«, sagte McGovern. »Top secret. Verschlußsache. Ich versteh schon.« Ich hoffte nur, daß McGovern nicht einschnappen würde. Das würde den Informationsfluß nur behindern. Und bislang war der sowieso mehr ein Rinnsal. »Okay«, sagte er schließlich, »nun zu Barkin.«

Ich verspürte eine kleine Welle der Erleichterung, daß meine Hauptquelle für Hintergrund-Informationen nicht die Schleusen dichtmachte. McGovern war nicht gerade Deep Throat, aber er hatte bemerkenswerten Zugriff zu nahezu allen Facetten der amerikanischen Historie. Mit all seinen irischen Fingerspitzen. Die Welle der Erleichterung war nicht groß genug, um mir ein gutes Gefühl bezüglich der Entwicklung des Falles zu vermitteln. Sie trug mich gerade weit genug, daß ich mich zurücklehnen und eine frische Zigarre anzünden konnte. Mit einem Bic.

Bei einem Bic ist es äußerst schwierig, die Zigarre auf kleiner Flamme zu halten. Ich fragte mich, was Charles Lamb davon gehalten hätte, daß ich meine Zigarre mit einem Bic anzündete. Natürlich gab es seinerzeit keine Bics. Und neuerdings gibt es keinen Charles Lamb mehr.

»Larry Barkin und die Barkin Brothers«, sagte McGovern. »Sieben Goldene Schallplatten . . . zweimal Country-Sänger des Jahres . . . zwei Brüder, Jim und Randy . . . geboren im kleinen texanischen Dorf Medina . . . bei Gott, alle Country-Sänger sind in irgendeinem kleinen, texanischen Dorf geboren.«

»Hank nicht«, sagte ich.

»Nein?«

»Nein, Sir«, sagte ich. »Er wurde in einem kleinen Dorf in Alabama geboren.«

»Aha«, sagte McGovern.

»Du kannst den Teil überschlagen, wo Barkin seiner Mutter ein großes Haus bei Nashville kauft«, sagte ich.

»Woher weißt du, daß er seiner Mutter ein großes Haus bei Nashville gekauft hat?«

»Alle Country-Sänger kaufen ihren Müttern ein großes Haus bei Nashville.«

»Da kannst du mir diesen Scheiß doch gleich selbst vortragen«, sagte McGovern.

»Gibt's da sonst noch was?« fragte ich. »Irgendwelche Probleme? Mit dem Gesetz? Ehe? Irgendwas Undurchsichtiges oder Fragwürdiges bei diesem All-American Boy?«

»Yeah«, sagte McGovern. »Es gab da vor etwa fünf Jahren einen ziemlich unschönen Prozeß. Zwischen Barkin und einem seiner ehemaligen Manager. Inklusive einiger Country-Musik-Schlammschlachten.«

»Hatte der Kerl Barkin hintergangen?«

»Sexuell? Finanziell? Moralisch?« fragte McGovern.

»Finanziell, McGovern«, sagte ich. Sexuell bezweifelte ich. Und alle Manager hintergehen ihre Klienten moralisch.

»Sieht aus, als ob er Barkin finanziell abgegriffen hat. Barkin hat eine hohe Abfindung von dem Typ erhalten – der Typ war auch Anwalt. Natürlich sind nicht alle Anwälte Ganoven.«

»Natürlich nicht«, sagte ich kurz. »Wie hieß dieser Anwalt?«

»Murray Fishkin«, sagte McGovern.

»Kahl?«

»Wie bitte?«

»Ist der verdammte Anwalt kahl?«

»Einen Moment mal. Ich glaub, da war ein Foto dabei.« Die Verbindung verstummte für einige Augenblicke, während McGovern ein paar Seiten durchblätterte oder einen Mikrofilm einstellte, oder was er sonst tat. Dann kam er wieder an den Apparat. »Wie ein Geier«, sagte er.

»Danke, McGovern«, sagte ich, »du hast unbedingt was gut bei mir.«

»Yeah, also, wie wär's, wenn du mir was über diese ganze Sache erzählst? Ich meine, du untersuchst doch offensichtlich den Barkin-Mord. Wie war das? Barkin wurde vor genau einer Woche im Lone Star umgelegt. Okay, ich versteh, wieso du da involviert bist, aber was hat Hank Williams mit dem Scheiß zu tun? Er ist seit fünfundzwanzig Jahren tot.«

»Dreiunddreißig Jahren«, sagte ich. »Aber schau mal, ich kann dir jetzt nichts erzählen. Ich bin nicht mal sicher, ob mir selbst die Verbindung klar ist.«

»Komm schon, Mann«, sagte er. »Gib mir einen kleinen Hinweis. Ich spinn es mir dann schon selbst zusammen.«

McGovern und ich hatten uns auf der Gangway der Arche Noah kennengelernt. Aber bei einer Morduntersuchung mußte man sehr vorsichtig sein, was man alten Freunden erzählte. Vor allem, wenn diese alten Freunde Teil der Vierten Gewalt waren.

»Frag Bob Hope«, sagte ich.

14

Ich hielt es für keine so gute Idee, meine Füße auf Sergeant Coopermans Tisch zu legen. Wenn ich es recht betrachtete, so war es bereits sehr gewagt, das Polizeirevier zu betreten. Mir war klar, daß ich in diesem Fall nicht gerade Hand in Hand mit der Staatsgewalt arbeiten würde, aber ich dachte, ich könnte vielleicht noch einen Blick auf den Kontaktbogen werfen. Alles, was ich in dem Moment sehen konnte, waren Coopermans kleine, brennende Augen. Sie durchbohrten mich wie Pisse den Schnee.

»Fox!« rief Cooperman. Fox löste seine schlangenhafte Gestalt von einem nahen Aktenschrank, kam zum Schreibtisch, stemmte beide Hände auf die Platte und beugte sich, so weit er konnte, zu mir herüber. Ich verstand, warum man ihn den Flaum nannte. Wäre er noch näher gekommen, wäre er meinem Kinn entsprossen.

»Was soll ich nur mit diesem Kerl machen?« fragte Cooperman weich wispernd. So weich wie ein Daunenkissen, kurz bevor es dich erstickt. »Ich ruf ihn an und sag ihm, daß er auf dem falschen Dampfer ist, und er nimmt es als Einladung, hier zu einem Schwätzchen auf die Wache zu kommen.«

Cooperman ließ seinen massigen Körper in den Stuhl sinken. Er nahm einen gelben Bleistift auf und klopfte damit langsam auf die Platte. Fox richtete sich auf, kreuzte die Arme vor der Brust und starrte auf mich herab. Einige Bleistift-Takte lang verharrten wir drei in unseren jeweiligen Stellungen. Es erinnerte an einen B-Film. Unglücklicherweise war es keiner. Es war eine B-Welt.

»Ich würde«, sagte ich, »sehr gern einen Blick auf den fotografischen Beweis werfen, der zeigt, daß der Mörder Rechtshänder war.«

»Fox, zeig ihm den Kontaktbogen«, sagte Cooperman. »Schau's dir an und verschwinde«, sagte er zu mir. Er beendete das Klopfen, doch seine Augäpfel machten noch immer Überstunden in meine Richtung.

»In Ordnung«, sagte ich. Cooperman gingen gewisse Eigenschaften ab, die einen guten Gastgeber ausmachen.

Fox ging in ein anderes Zimmer. »Ich möchte dir noch etwas sagen, mein Freund«, sagte Cooperman. Er benutzte das Wort »Freund« in derselben Weise wie ein Türke oder Araber oder Redneck, der zum Ausdruck bringen möchte, daß du nicht sein Freund bist. »Wenn da nicht dein Kumpel wäre, dieser Manager von dem Club da – «

»Cleve«, sagte ich.

»Cleve«, sagte er, »der dir ein Alibi gibt, dann wärst du selbst einer unserer Hauptverdächtigen.«

»Cleve rief mich an, nachdem Barkin hinüber war«, sagte ich.

»Geschenkt«, sagte Cooperman.

Fox kam in den Raum zurück. Er legte den Kontaktbogen auf den Schreibtisch und wies demonstrativ auf das Bild, das den Schatten zeigte. Ich folgte der Fingerbewegung.

»Rechtshänder, ohne den Schatten eines Zweifels«, sagte er. »Selbst du mußt das zugeben, Tex.« Fox hatte mich vor Zeiten gesehen, als ich einen Cowboyhut trug, und schaffte es, dieses Bild im Herzen zu bewahren.

Ich schaute nicht mehr auf den Schatten. Ich schaute unten auf den Bogen, auf die drei letzten Bilder des Films. Ein paar alte Männer spielten Schach im Washington Square Park.

»Nein«, sagte ich. »Ich hab schon die ganze Zeit gewußt, daß etwas auf dem Kontaktbogen merkwürdig ist. Schaut euch das Schachbrett da an.« Ich hielt den Bogen hoch, so daß Fox und Cooperman ihn gleichzeitig sehen konnten.

»Das schwarze Feld ist jeweils rechter Hand vom Spieler«, sagte ich.

»Na und?« fragte Fox.

»Das *weiße* Feld muß rechter Hand vom Spieler sein.«

»Das spielen wir durch«, sagte Cooperman.

»Es ist jetzt keine Zeit für Spielchen, Sergeant«, sagte ich.

Cooperman sah mich an. Dann drehte er seinen Kopf ziemlich hektisch in Richtung auf das andere Zimmer, und Fox nahm den Kontaktbogen vom Tisch und entschwand damit.

»Was ist mit dem Hank-Williams-Song, der mit der Post kam?« fragte ich.

»Ihr Country-Sänger habt nur Country-Musik im Kopf. Wir gehen dem nach. Siehst du den Haufen hier?« Cooperman nickte, um mich auf einen Stapel Papiere auf seinem Schreibtisch hinzuweisen. Ich nickte, um darauf hinzuweisen, daß ich den Stapel Papiere sah. »Weißt du, was das ist?« fragte er.

»Quittungen für deine Steuererklärung?« fragte ich.

Cooperman lächelte ein süßes, geziertes, überhebliches, kleines Lächeln. Glücklicherweise geriet es ihm nicht in die Augen. »Das sind vierundzwanzig ungeklärte Mordfälle neben einer kalten Tasse Kaffee«, sagte er barsch. »Du kannst gehen.«

Ich ging.

15

Am späten Abend war ich Zeuge des aufregendsten und herzzerreißendsten Ereignisses der Woche, mit Ausnahme, natürlich, des Mordes an Larry Barkin. Es betraf die beiden Judys, und es fand direkt vor meinem Loft statt. Es war ein nervenzerrender Fast-Zusammenstoß. Uptown Judy fuhr gerade im Lastenaufzug abwärts, als gleichzeitig Downtown Judy die Treppen hochkam.

Im einen Augenblick sagte ich, »Gute Nacht, Judy. Paß auf dich auf«, und kaum zwanzig Sekunden später sagte ich, »Judy, wo hast du nur gesteckt?«

Am Freitagmorgen saß ich an meinem Schreibtisch. Die Judys waren herauf, herab und quer und krumm gekommen, oder wie das heißt. Aber keine war klüger als wie zuvor. Ich auch nicht. Larry Barkin war immer noch tot, und ich hegte den elenden Verdacht, was ich auch unternehmen würde, ich würde in eine Sackgasse geraten.

Ich trug meinen lila Morgenmantel, trank Kaffee und öffnete die Post mit meinem Smith&Wesson-Messer. Die Katze lag auf dem Tisch unter der Lampe. Die Katze und ich hielten einen kleinen Wettbewerb ab. Wir versuchten herauszufinden, wer die wenigsten Emotionen zeigen würde, wenn ich eine unbezahlte Rechnung öffnete.

Ich betrachtete eine Einladung zu einer Rollschuh-Party in einer Diskothek, als die Telefone klingelten. Es war 11:37 morgens. Ich hob den Hörer zur Linken ab.

»Wir haben wieder einen«, sagte die Stimme. Es war Cleve, der vom Lone Star anrief. Seine Stimme hatte einen merkwürdigen Unterton, und ich brauchte einen Moment, um herauszufinden, was es war. Es war, wie ein Zittern klingen würde, wenn man es hören könnte.

»Ganz ruhig, Kumpel«, sagte ich. »Was hast du wieder?«

»Einen Song, Mann«, sagte er. »Es war wieder ein Hank-Williams-Song in der Post.«

16

Es ging auf drei Uhr nachmittags zu, und ich stand am Küchenfenster des Lofts und wartete auf den Boten, der mir den Hank-Williams-Song vom Lone Star bringen sollte. Ich wußte nicht, welcher Song es war oder an wen er adressiert war. Cleve war zu aufgeregt, um auch nur ein paar Noten zu summen. Von Zeit zu Zeit nahm ich den Puppenkopf vom Kühlschrank und warf ihn erwartungsvoll von einer Hand in die andere, aber kein Bote ließ sich blicken.

Warum wartete ich hier? Es war ein blendender Tag, wie wir in New York zu sagen pflegen. Mist, ich könnte draußen in der Sonne sein und mit dem Abfall auf dem Bürgersteig Fußball spielen.

Ich begann die Länge des Lofts abzuschreiten und schaute in regelmäßigen Abständen hoffnungsvoll auf die Straße hinab. Manchmal hatte mir das Hinundherlaufen geholfen, meine Gedanken zu ordnen. Vor vielen Jahren hatte mich die Katze begleitet, wenn ich, mit der Zigarre in der Hand, hin und her strich. Die Katze hatte solche kätzchenhaften Spielchen aufgegeben. Ich strich weiter. Ich war ein Geschöpf mit beschränkten Gewohnheiten, und da enttäuschte mich die Katze, ich ließ es sie aber nicht spüren. Die Katze hatte zweifellos auch ihre Gründe, von mir enttäuscht zu sein. Irgendwie kamen wir miteinander aus.

Ich beendete meine Wanderung. Ich kam nicht von der Stelle, wörtlich und im übertragenen Sinn. Ich schaute die Katze an. Sie lag zusammengerollt im Schaukelstuhl. Das Loft kam für uns beide dem Begriff Heimat so nahe, wie es für uns nur möglich war. Es war natürlich keine Heimat, wie sollte es auch. Alle wußten doch, daß die Heimat in Kansas liegt. Und da sollte sie auch lieber bleiben.

Ich goß mir eine Tasse Kaffee ein und schlich durch das Loft wie ein batteriebetriebener Tiger und versuchte verzweifelt, mit Wissen zu leuchten, das ich nicht besaß. Was wußte ich eigentlich? Ich dachte einen Augenblick darüber nach. Einem Country-Sänger war vor acht Tagen auf eine ziemlich unschöne Weise die Stimme gebrochen worden. Vor dem Mord hatte ihm jemand den Hank-Williams-Song »Hey Good Lookin'« zugesandt, der im Text den Hinweis auf einen Zwei-Dollar-Schein enthielt, und dieser Zwei-Dollar-Schein hatte nun wiederum seinen verruchten Weg in die sterbende Brusttasche des bestickten Anzugs des jungen Cowboys gefunden. Geradezu wie im Alten Westen. Aber Ost ist Ost und West ist West. Wer hatte überhaupt Interesse daran, einen honig-kehligen, kuscheligen Traum aller Hausfrauen abzumurksen? Außer mir, natürlich. Ich wußte keine Antwort.

Und nun war, um zu zeigen, daß es nichts Persönliches gegen Larry Barkin war, ein weiterer Song angekommen. Die Bullen hatten ihn, laut Cleve, nach Fingerabdrücken abgestaubt. Erfolglos. Selbst Mörder sahen genug TV-Krimis, um von Fingerabdrücken gehört zu haben. Das Interesse der Bullen am neuen Song war offensichtlich nicht stark entwickelt. Cooperman hatte Cleve und Bill Dick darüber informiert, daß im Gebiet von New York etwa fünfzehn Millionen Spinner rumsäßen, die nichts Besseres zu tun hätten, als die Postkästen mit Briefen, Drohungen und Betteleien an bekannte Leute zu verstopfen.

Ich war mir nicht sicher, ob Fox und Cooperman überhaupt Hank Williams kannten. Ich wußte, daß Hank Fox und Cooperman nicht kannte. Er war seit dreiunddreißig Jahren tot.

Doch selbst diese kleine Tatsache war nicht hundertprozentig wahr. In einem viel umfassenderen Sinne war Hank Williams, wie Jesus und Joe Hill, in zufälliger Reihenfolge, niemals gestorben. Leute hörten immer noch Hanks Worten und Hanks Stimme zu, und ein Zauber umgab diesen Mann, der die sterblichen Grenzen von Geographie, Kultur und Zeit überwunden hatte.

Und dann gab es solche Leute wie Chet Flippo, die Hank am Leben erhielten. Ich überlegte einen Moment, ob Flippo Leute auch aus dem Leben befördern könnte. Ich konnte es einfach nicht glauben. Er hatte dem Barmann im High Five einen Zwei-Dollar-Schein gegeben. Er war ein Hank-Williams-Freak, aber das war Mike Simmons auch. Wenn Ratso ein bißchen mehr von Country-Musik verstehen würde, wäre er vermutlich auch ein Hank-Williams-Freak. Es gab praktisch Millionen davon. Und Hank-Williams-Freaks sind einfach nicht zu fassen.

Flippo war, in seiner distanzierten, bescheidenen Art, ein Freund von mir. Gab es irgendwo in seinem Artischockenherzen einen Kill-Schalter? Ich sah keinen. Allerdings, wenn einer da war, dann nicht so einer, den man unbedingt sehen konnte.

Simmons war heißblütiger, war frustrierter und eher eines gewalttätigen Mordes fähig. Und er war Linkshänder. Er liebte Hank Williams mehr als den lieben Gott. »Ihr würdet auch Hank Scheiß-Williams hier rausschmeißen!« hatte er den Philistern vom City Limits zugeschrien. Eine verräterische Zeile, dachte ich. Doch war die Zeile zu dürftig, selbst um sie von der spiegelblanken, gewölbten Oberfläche von Murray Fishkins Schädel zu schniffen.

Und was war mit Fishkin? Der mysteriöse Anwalt-Manager-Gauner, bei dem Reputation und Profil dünner waren als Heringspisse? Ich mußte an ihn rankommen. Wenn die Anwaltskanzleien am Montag morgen öffneten, würde ich ihn wie eine 42-Cent-Dose Katzenfutter öffnen. Wo ein letzter Wille ist, ist auch ein Anwalt.

Ich zweifelte selbst an Gunner, der verläßlichen, jungen Fotografin. Da war was mit ihr, was nicht ganz ins Bild paßte. Und aus irgendeinem Grund traute ich ihr noch weniger, als ich den meisten attraktiven Frauen traute, die mir über den Weg liefen. War es nur ein männlich-chauvinistisches Vorurteil? Wirklich? Vielleicht war es männliche Intuition. Nein, das konnte es nicht sein. Jeder wußte, daß so etwas nicht existiert. Okay. Wen hatte ich links liegen gelassen? Wen mußte ich links . . .

Ich hörte einen Ruf von unten und warf den Puppenkopf mit dem Fallschirm hinunter. Ich beobachtete, wie er elegant zum Trottoir hinuntersegelte. Es war wirklich wunderschön zu beobachten.

Augenblicke später hörte ich ein anhaltendes Klopfen an der Loft-Tür. Es war entweder eine sehr beharrliche Person oder ein überdimensionierter Specht. Das war mir zu dem Zeitpunkt aber egal, solange er nur einen Hank-Williams-Song im Schnabel hatte. Ich öffnete die Tür.

»Kinky?« fragte der Bote. In seiner rechten Hand trug er einen großen Umschlag und in der linken eine Schachtel, die so aussah, als enthielte sie mehr Eiscreme als in meinen wildesten Träumen. Ich nickte. »Was ist in dem Karton?« fragte ich.

»Der Mann sagte Five-Alarm-Chili«, sagte er.

»Dieser Bill Dick denkt an alles«, sagte ich. »Und jetzt

den Umschlag, bitte.« Er reichte mir den Umschlag, und ich nahm ihn zum Schreibtisch hinüber.

»Kommen Sie ruhig rein«, sagte ich. »Vielleicht will ich dies gleich zum Absender zurückschicken.« Der Bote trat ein und blieb an der Tür stehen.

»Gießen Sie sich etwas Kaffee ein, oder sonstwas«, sagte ich. Der Kerl tat gar nichts, aber manchmal ist es lästiger, wenn jemand nichts tut, als daß jemand was ganz Ekliges tut.

Ich betrachtete den Umschlag von außen. Die gleichen großen schwarzen Blockbuchstaben wie vorher. Aber diesmal war er adressiert an Bubba und Blane, c/o The Lone Star Café.

Bubba und Blane Borgelt waren zwei dicke, freundliche Brüder aus Texas, mit einer Serie eingängiger Country-Hits, so lang wie ihr Tournee-Bus. Ich hatte sogar schon ein paar Auftritte mit ihnen absolviert. In meiner sogenannten Frühzeit. »Als Jesus unser Erlöser und Baumwolle unser Herr war«, wie Billy Joe Shaver es formuliert hat. 199B Vandam war damals noch ein Lagerhaus. Ich hatte noch keine Katze. Ich hatte nicht einmal die Andeutung einer Espresso-Maschine.

Ich öffnete den Umschlag. Er enthielt die Noten zum Hank-Williams-Song »Settin' the Woods on Fire«. Wenn ich mich recht erinnerte, hatten Bubba und Blane ihren Auftritt im Lone Star am Montagabend.

»Was issn das?« fragte der Bote.

»Jemandes Schwanengesang«, sagte ich.

17

Am Samstagnachmittag saßen Ratso und ich in den Carnegie Delicatessen, Ecke Seventh Avenue und Fifty-fifth Street. Draußen schneite es. Die Carnegie Deli war eine herzerwärmende Lokalität, wenn es schneite. Wie eine Bar. Oder jede andere Kneipe im Village. Ehrlich gesagt, wenn es in New York schneite, dann wirkte jedes Viertel wie ein kleines Dorf. Der Schnee blendete die hohen Gebäude aus und schien die Menschen einander näherzubringen. Er breitete ein Laken des Friedens und der Stille über die Stadt. Fremde sprachen miteinander. Man fühlte sich fast wie in einer Kleinstadt. Glücklicherweise blieb er nie liegen.

Ich bearbeitete einen Matze-Knödel von der Größe des Kopfes von McGovern und freute mich, meine Bekanntschaft mit Bubba und Blane am Montagabend auffrischen zu können. Ich hatte allerdings nicht vor, zu anhänglich zu werden. Ratso aß einen Haufen Gewürzgurken aus einem der Fäßchen, die stets auf den Tischen standen. Leo hatte uns Stoffservietten gebracht, eine Vorzugsbehandlung, die nur Prominenten und besonderen Freunden vorbehalten war.

»Was hast du bestellt, Ratso?« fragte ich. Der Matze-Knödel war Spitzenklasse.

»Papst-Nase«, sagte er.

»Was, zum Teufel, ist eine Papst-Nase?« fragte ich.

»Puten-Arsch«, sagte er.

Ratso begrapschte mehrere Gewürzgurken im Fäßchen und wählte schließlich eine, die seinen kulinarischen Ansprüchen entsprach.

»Ratso, ich möchte deinen Appetit auf die Papst-Nase nicht verderben«, sagte ich, »aber ich bitte dich, dir etwas mit mir anzuschauen.« Ich nahm das Notenblatt aus der Manteltasche.

Wir sahen uns gemeinsam den Text von »Settin' the Woods on Fire« an. Er lautete:

Comb your hair and paint and powder
You act proud and I'll act prouder
You sing loud and I'll sing louder
Tonight we're settin' the woods on fire

You're my gal and I'm your feller
Dress up in your frock of yeller
I'll look swell but you'll look sweller
Settin' the woods on fire

We'll take in all the honky-tonks, tonight
We're havin' fun
We'll show the folks a brand new dance
That never has been done

I don't care who thinks we're silly
You be daffy and I'll be dilly
We'll order up two bowls of chili
Settin' the woods on fire

I'll gas up my hot rod stoker
We'll get hotter than a poker
You'll be broke but I'll be broker
Tonight we're settin' the woods on fire.

»Der Song ist geradezu eine Truppenschau für ein kriminelles Gehirn«, sagte Ratso und schüttelte seinen Kopf ungläubig. Er angelte im Fäßchen nach einer weiteren Gewürzgurke.

»So schlimm nun auch wieder nicht«, sagte ich. »Ich glaube nämlich nicht, daß der Mörder mit diesen Songs tatsächlich seine Methode verrät. Wie er es tun wird, warum er es tut, das wissen wir nicht. Alles, was wir sicher wissen, ist, daß er es tun wird. Und es gibt einen Hinweis im Song, der ihn mit dem Verbrechen in Verbindung bringt. Er spielt mit uns. Er lädt uns ein. Wir haben eigentlich die Visitenkarte des Killers vor Augen. Die Tatsache, daß er Ol' Hank als Kommunikationsmittel mißbraucht, ist möglicherweise das Aufschlußreichste, was wir über die Person wissen, nach der wir suchen.«

»Schauen wir uns mal den Song an«, sagte Ratso. »Okay . . . hier – ›We'll get hotter than a poker‹. Wie wär's mit dem heißen Feuerhaken?«

»Mein lieber Ratso«, sagte ich, »wir befinden uns nicht in einer englischen Jagdhütte, wir befinden uns in New York City.«

»Schon gut, Sherlock«, sagte er. »Hab ich vergessen.« Er guckte wieder in den Text. »Und was ist hiermit. Zwei Schalen Chili. ›We'll order up two bowls of chili.‹«

»Dann iß kein Chili«, sagte ich.

»Teufel auch«, sagte Ratso, »am normalen Chili im Lone Star kann man schon sterben.«

»Hoffnungslos«, sagte ich. »Du bist einfach ein Stadt-Dussel, Ratso. Aber ich brauche dich am Montagabend drüben. Du bringst ein gewisses Maß Naivität in die Untersuchung, die mir schon gewisse Möglichkeiten andeutet.«

»Du bist eine Papst-Nase«, sagte er.

Als wir das Taxi bestiegen, das uns wieder downtown bringen sollte, forderte Ratso den Fahrer auf, sich zu beeilen, er sei zu spät dran. »Alle sind zu spät dran«, sagte der Fahrer, als er das Taxameter anstellte. »In dieser Stadt ist es für alle zu spät.«

Ich blickte aus dem Wagenfenster und beobachtete, wie die verschneiten Bürgersteige wie im Traum vorbeischwebten. Für mich war es noch nicht zu spät. Aber ich fing an, Angst zu haben. Und ich befürchtete, der Montagabend würde schneller kommen als eine Nymphomanin.

18

Cleve war der erste, den ich am Montagabend an der Tür zum Lone Star sah. Er rang die Hände wie ein salbungsvoller Bestattungsunternehmer. Ich wechselte ein paar Worte mit ihm und ging hinüber zum Parterre-Tresen und nahm auf dem einzig freien Barhocker Platz – gleich neben der Registrierkasse. Das Klavier des Geschäftsmannes.

Ich bestellte einen Jameson und schaute mich um nach merkwürdigen oder bekannten Gesichtern. Ich konnte keine entdecken. Alle am Parterre-Tresen sahen irgendwie bekannt aus. Als ob man sie irgendwie einordnen könnte, auch wenn man es eigentlich nicht wollte. Sie sahen aus wie Leute, die im Supermarkt gewohnheitsmäßig nur die Billigangebote einkaufen. Vielleicht hatte das ein wenig abgefärbt.

Ich drehte mich mit dem Barhocker um und wandte meine Aufmerksamkeit der Vorgruppe zu. Ich hatte diese Band im Laufe der Jahre tausendmal gesehen. Verschiedene Orte, verschiedene Gesichter, das gleiche alte Lied. Ihr augenblicklicher Favorit war »Luckenbach, Texas«. Vermutlich war es mal »Bad, Bad Leroy Brown« gewesen oder »Are You Going to San Francisco?«, wenn sie dafür nur alt genug gewesen waren, und es hatte ganz den Anschein. Sie hatten sich immer verändert, wenn schon nicht mit den Zeiten, so doch ein bißchen hinterher. Sie hatten gelernt »mit den Kugeln zu pfeifen«, wie es mein Freund Doug Kenney auszudrücken pflegte, ehe er in Hawaii von seiner

Sitzstange fiel. Doug fehlte mir. Ich bestellte mir beim Barmann noch einen Jameson, und als er ihn eingoß, fehlte mir Doug nicht mehr so.

Die Band brachte die zwanzigminütige Folter des musikalischen Vorspiels hinter sich, die man normalerweise Stimmen nennt. Sollte eigentlich nach einer Minute erledigt sein, aber diese Typen wollten jede Minute auf der Bühne genießen, die sie kriegen konnten. Wollten es wohl ganz auskosten, die Rhinestones ihrer Kluft einzeln im Rampenlicht glitzern zu lassen. Was soll's. Überall, wo es Kneipengeschmeiß gibt, da gibt es auch Salonlöwen. Das ist ein Naturgesetz.

Ich wandte mich wieder zur Bar und leerte meinen Drink. Warum war ich so hart zu diesen Typen? Sie versuchten nur, ihr Leben zu fristen. »Zum Teufel, nicht jeder kann ein Hank Williams sein«, sagte ich. »Nicht jeder kann auf der Hinterbank eines Cadillac auf dem Weg nach Canton, Ohio, sterben.«

»Was war das?« fragte der Barmann.

»Setz es auf die Rechnung«, sagte ich.

Die Band begann zu spielen, und ich begann die Stufen zur Galerie zu erklimmen. Von dort aus hatte man einen besseren Überblick über den ganzen Laden, und dort war es nicht so laut. Nichts auf diesem Planeten war annähernd so laut, wie am Parterre-Tresen des Lone Star Cafés zu sitzen und einer Country-Rock-Band zuzuhören.

Die obere Etage des Lone Star war normalerweise immer das Zentrum aller Aktivität, abgesehen natürlich von der Chef-Toilette. Ich hatte noch nicht die Hälfte der Stufen erklommen, als ich es schon bedauerte, nicht ein paar Drinks mehr genossen zu haben, ehe ich mich zur zweiten Danteschen Ebene aufmachte. Jemand schrie »Kinkstah! Kinkstah!« Wer diese Stimme einmal gehört hat, wird sie nie vergessen. Es war Ratso. Ich hatte eigentlich vorgehabt, wenig aufzufallen, mußte aber nun einsehen, daß das ziemlich schwerfallen würde.

Ratso belagerte mit ein paar Leuten einen Tisch in der hinteren Ecke der Galerie. Ich gab ihm einen kleinen Hitlergruß, wie ein italienischer Kellner, der ein Tablett jongliert, nur ohne das Tablett. Es war eine Geste, die ganz eindeutig andeutete, »mach's halblang, Kumpel«, als ich aber die obere Etage erreichte, hörte ich die schrecklich blökenden Töne ein weiteres Mal. »Kinkstah ... Kinkstah!« Ich beschloß, sie vorerst zu ignorieren. Ich mußte es, denn ich stieß oben an der Treppe mit Mike Simmons zusammen. Ich hatte versucht, mich nach links zu wenden, und er kam direkt aus der Damentoilette oben an der Treppe hervorgeschossen. Aus der Damentoilette drangen wütende Schreie, und Mike schien etwas außer Atem.

»Hier ist wohl nicht das Marylou's«, sagte er. »Da drüben haben sie eine viel progressivere Haltung.« Simmons war dafür bekannt, bisweilen in Damentoiletten einzudringen und den Damen verbotene Substanzen anzubieten, wenn sie ihre Blusen ausziehen würden. Es klappte etwa zur Hälfte. Die andere Hälfte konnte ganz schön ins Auge gehen.

»Mike, ich will in keinster Weise ein moralisches Urteil abgeben«, sagte ich. »Ich würde es nur bevorzugen, wenn du da nicht wie ein wilder Köter herausgesprungen kämst.«

»Ich werd dran denken«, sagte er. Es sah aus, als hätte er bereits die Drinks intus, die ich brauchte. Wir gingen zur oberen Bar, um uns mit weiteren zu versorgen. Ich sah nicht, wie Simmons irgend jemand außer sich selbst umbringen könnte. Und darum bemühte er sich schon geraume Zeit. Tun wir das nicht alle?

Ich hatte vor, mit Simmons einen Drink zu nehmen, dann den Bereich der oberen Bar und des Andenkenkiosks zu inspizieren, um mich dann Ratsos Tafelrunde zuzugesellen, die er am Geländer um sich geschart hatte. Von dort hatte man einen guten Überblick über den ganzen Laden.

Die Sicherheitsmaßnahmen sahen recht ordentlich aus. Patrick, der Rausschmeißer, drehte seine Runden wie eine etwas groß geratene, abstoßende Gastgeberin; Norman, der offensichtlich sehr gefährliche Androgyne mit süßer Stimme und schwarzem Gürtel, stand auf der obersten Stufe. Wenn Norman lächelte, war es offensichtlich, daß er ziemlich krank war. Sein Lächeln bedeutete dir, daß er liebend gern mit deinem Adamsapfel würfeln würde. Mal, der ehemalige Bulle, der nebenbei einen Mietwagen-Service betrieb, gesellte sich vorübergehend zu mir an die Bar und nahm einen kleinen Schluck aus meinem Glas.

»Einen schönen Tag auch«, sagte er.

Ich zündete eine Zigarre an. Simmons ging in die Herren-Toilette rechts neben der Bar, wenn man auf einem Barhocker von der Bar wegschaute, so wie ich. Ich paffte gedankenschwer an meiner Zigarre, während ich einen Cowboy aus New Jersey beobachtete. Er hatte schon einen langen Ritt zum Lone Star hinter sich. Vermutlich der Dealer für jemand hier. Ritt durch die Wüste auf einem Pferd ohne Beine.

Ich kippte den Jameson runter und ließ meinen Gedanken einen kleinen Auslauf in der Prärie. Visionen von Zwei-Dollar-Scheinen, zuschlagenden Linkshändern, Hank-Williams-Songs. Ich überlegte mir, wie Hank ausgesehen haben mußte, als er vor so vielen Jahren in der Grand Ol' Opry auftrat. Ein gequälter, dürrer Jesus, der so traurig wie eine Eisenbahn sang und so schön wie ein Whippoorwill. Man erzählt sich, er habe bisweilen tatsächlich geweint, wenn er auf jener Bühne sang. Über zwanzig Jahre später hatte ich selbst ein paarmal in der Grand Ol' Opry gespielt. Ich erinnerte mich, wie ich vor Tausenden von Zuschauern die Bühne im alten Ryman Auditorium betrat auf der Suche nach Hanks Tränen. Aber die waren, wie auch meine eigenen, längst getrocknet. Zumindest dachte ich das zu der Zeit.

Ich schaute gerade rechtzeitig auf, als mir ein Lichtblitz die Augen blendete. Ich hörte den Klang von britischem Gelächter. Zurückhaltend, fast verschluckt.

»Ich fürchte, das war sehr unprofessionell von mir«, sagte Gunner, während sie ihre Kamera neben mir auf den Tresen legte. »Höchst lästig«, sagte ich. Es ist immer schwer, empört auszusehen, angesichts eines hübschen Angesichts.

»Du warst so ein Ebenbild der . . . Beschaulichkeit«, sagte sie. »Wo warst du, als ich gerade das Bild gemacht habe?«

»Ach, Nashville«, sagte ich. »Nashville und Vancouver.«

»Das ist eine weite Reise auf einem Barhocker«, sagte sie sanft.

Ich kippte das neue Glas Jameson runter, das der Barmann eingeschenkt hatte. »Ich komm ganz schön herum«, sagte ich.

Die Vorgruppe hämmerte immer noch ihren ersten Auftritt runter, als ich Gunner die Hintertreppe hinaufgeleitete. Sie führte zu den Garderoben im zweiten Stock. Aus eigener Erfahrung als Künstler zögerte ich immer, andere Künstler kurz vor der Show zu belästigen. Diesmal war ich entschlossen, eine Ausnahme von meiner Regel zu machen. Bubba und Blane könnten anschließend nicht mehr unter uns weilen.

»Die Sicherheitsleute waren richtig süß«, sagte Gunner. »Sie ließen mich ein Foto machen.«

»Ich hab dich auch ein Foto machen lassen«, sagte ich.

»Du hättest mich ja gar nicht hindern können, selbst wenn du wolltest«, sagte sie spöttisch. Hinter dem Königsblau ihrer Augen erspähte ich mehr als Spott. Mehr als ein

Lachen. Ich erblickte eine Herausforderung an die Menschheit.

»Wer würde das wollen?« fragte ich bewundernd. Sie nickte einmal kurz zustimmend.

Wir gingen den kurzen Flur im zweiten Stock hinunter, und ich klopfte an die Garderobentür. Ein breiter Nashville-Typ mit langen Koteletten und einer Billy-Graham-Frisur öffnete die Tür.

»Die sind in Ordnung«, rief ihm Cleve aus dem Hintergrund des Raumes zu.

»Gut zu wissen«, sagte ich zu Gunner. Wir traten ein, und der Kerl schloß hinter uns die Tür. Bill Dick stand neben Cleve und unterhielt sich mit Bubba und Blane. Patrick, der Rausschmeißer, hatte sich an die Wand geschmiegt wie eine rotbärtige Karyatide. Er nickte mir zu. Es war noch eine Anzahl Leute im Raum, damit beschäftigt, zu sehen und gesehen zu werden. Ich kannte sie nicht. Ein Tisch mit Drinks war neben der offenen Tür zum Dachgarten aufgebaut. Ich schaute aus der Tür und konnte die grünen Metallschuppen des Leguans im kalten Mondlicht glänzen sehen. Gunner verfolgte meinen Blick und zitterte leicht.

»Kalt?« fragte ich.

»Nein«, sagte sie. »Ich dachte nur . . .«

»Nun, dann laß es lieber«, sagte ich. »Denken kann gefährlich sein. Zumindest denke ich, daß es das kann.« Die Stimmung im Raum war gedämpft. Vielleicht etwas gespannt. Das konnte auch Premieren-Fieber sein, dachte ich. Speziell für Country-Künstler war ein Auftritt in New York City und dem Lone Star Café eine große Sache. Für mich war das nur noch so aufregend wie Bullen, die sich auf Motorräder türmen. Wenn man nahe an den Pyramiden wohnt, gewöhnt man sich an sie.

Ich ging zum Tisch mit den Getränken hinüber und goß zwei Drinks ein. Wenn Gunner nichts trinken wollte, dann trank ich eben beide. Während ich mich den Borgelts zuwandte, ging Bill Dick auf Gunner zu. Club-Besitzer verkehren gerne eng mit den Stars, aber noch lieber verkehren sie engstens mit hübschen Mädchen. Einige Leute, die keinen Club besitzen, halten es ebenso.

Ich gab Blane und Bubba die Hand. Einige Leute aus ihrer Band stimmten in der Ecke ihre Instrumente und machten sich für den ersten Auftritt fertig. »Das war ein langer Zwischentraum«, sagte ich.

»Haben uns ja eine Ewigkeit nicht gesehen«, sagte Bubba.

»Eine Ewigkeit«, stimmte Blane zu.

»Halten wir den lieben Gott da raus, Jungs«, sagte ich. Blane lachte. Bubba richtete seinen »Go Texas«-Schlips an den beiden bestickten Streifen auf seiner Brust aus. Der Schlips war eine Attrappe. Raffiniert, nach dem, was Larry Barkin passiert war. Ich nahm eine Zigarre heraus und zündete sie an. Dann nahm ich zwei weitere Zigarren heraus und bot sie den Borgelts an. Beide lehnten sie ab. Das taten die meisten. Darum bot ich sie ja auch an.

»Seid ihr nervös, Jungs?« fragte ich.

»Wegen der Show?« fragte Bubba.

»Wegen der andern Sache«, sagte ich dunkel. »Warum, zum Teufel, habt ihr Jungs denn diesen Gig angenommen? Falls ich nicht zu persönlich werde.«

»Einfach aus Daffke«, lachte Bubba. »Man kann sich vor dem Leben nicht verstecken. Außerdem, ein Gig ist ein Gig.«

»Kann sich vor dem Leben nicht verstecken«, sagte Blane. »Ein Gig ist ein Gig.« Klang so, als habe er zu viele Jahre seines Lebens in der Echokammer verbracht.

»Das ist die rechte Einstellung«, sagte Bill Dick, während er herübereilte und seine Arme um die Jungs legte. »Wie wär's mit ein paar Aufnahmen, Gunner?«

Gunner knipste gehorsam drauflos. Auf Dicks Bitte schloß ich mich an und stellte mich neben Bubba. Dann schlüpfte Cleve neben Blane. Und schon bald war alle Welt mit auf den Fotos, außer Mother Maybelle Carter. Das ist Country-Musik. Eine große, glückliche Familie. Fast.

Als meine Augen wieder ihre Sehkraft zurückerlangten, sah ich zwei unscharfe Gestalten in der Tür der Garderobe lauern. Fox und Cooperman. Gunner hatte aufgehört, Fotos zu machen, aber Dick hatte immer noch seine Arme um Bubba und Blane.

»Heute abend muß einer mal ganz was Neues ausprobieren«, sagte er.

19

Gunner und ich setzten uns mit an Ratsos Tisch am Geländer. Ratsos Begleiterin an diesem Abend war Porno-Star Annie Sprinkle. Sie trug ihre Armbanduhr um die Fessel und ihr Herz auf der Zunge. Manchmal war das alles, was sie trug.

Wir hatten zwei brutale Auftritte der Vorgruppe überlebt und eine mild unterhaltsame Show von Bubba und Blane. Wir waren ein weiteres Mal in der Garderobe oben gewesen. Weitere Drinks. Weitere Fotos. Weiteres Händeschütteln, weitere Umarmungen, weitere Verbrüderungen mit den Stars. Niemand bestellte zwei Schalen Chili.

Nun waren wir zurück am Tisch auf der Galerie und warteten auf den letzten Auftritt von Bubba und Blane. Ein neuer Soundman verrichtete seine Arbeit. Er bereitete die Bühne für die Borgelts vor. Cleve kam an unserm Tisch vorbei. »Wo ist Round-Man, der Soundman?« fragte ich. Das war der feste Soundman des Clubs. Wog an die dreihundert Pfund.

»Hab ihm heute frei gegeben«, sagte Cleve. »Der Kerl da ist noch ein bißchen grün, aber er schafft die richtige Abmischung noch bis kurz vor Schluß der Show.« Er lächelte.

»He«, sagte er, »dein Kumpel Flippo hat nach dir gefragt. Er ist im Andenkenkiosk und baut seine Bücher auf.«

»Ich schau mal, was er will«, sagte ich und machte mich auf.

»Ich paß inzwischen auf Gunner auf«, sagte Cleve.

Flippo signierte sein Buch für jemand im Andenkenkiosk. »Sei vorsichtig«, sagte ich zu der jungen Frau, deren Buch er signierte, »sein Autogramm kann hüpfen.«

»He«, sagte Flippo, »genau dich hab ich gesucht. Wie weit bist du mit dem Buch?« Ich war etwa so weit wie im Fall Larry Barkin, aber ich mußte etwas sagen.

»Das gute daran«, sagte ich, »ist, daß es Gedanken, Ereignisse, Szenen, Gefühle enthält, die nur Hank Williams selbst kennen konnte.«

»Schön, daß es dir gefällt«, sagte Flippo.

»Yeah«, sagte ich. »Übrigens, neulich abend im High Five, als du mir das Buch gabst – woher hattest du den Zwei-Dollar-Schein?«

»Larry hat ihn mir gegeben«, sagte er. »Larry Barkin.«

»Fein«, sagte ich. Ich ging zurück zum Tisch. Cleve war gegangen, aber Simmons hatte seinen Platz eingenommen. Die Borgelts betraten die Bühne unter rauhem Beifall des Publikums. Ich nahm mir einen leeren Stuhl vom Nachbartisch und setzte mich. Eine Kellnerin kam, und wir bestellten eine neue Runde Drinks und lehnten uns zurück, um die Show zu verfolgen.

Bubba Borgelt stand am Mikrofon in der Bühnenmitte. Er spielte Lead-Gitarre und sang. Blane war am Mikrofon rechts. Er sang die zweite Stimme. Manchmal trafen sich beide am Mikrofon in der Mitte, und dann kam der Gesang richtig rüber. Der Soundman bekam langsam die Sache in den Griff. Die Band – ein Drummer, Bassist, Fiddler und

Steel-Gitarrist – war ganz glatt, wie geschmiert, genau auf der üblichen Nashville-Linie.

»Das sind zwar nicht die Everly Brothers«, sagte Ratso, »aber nicht schlecht.«

»Im Studio machen sie eine gute Figur«, schrie ich über den nächsten Song. »Ihre Plattenaufnahmen sind sehr kommerziell. Aber keiner von beiden ist auf der Bühne gerade ein Mr. Charismo.«

»Sie sind kein Kinky, das ist sicher«, sagte Ratso.

»Wer ist das schon?« fragte ich.

»Gute Frage«, sagte Ratso.

»Ich muß meinen Leguan wässern«, sagte Simmons, stand auf und steuerte das Herren-Klo an.

Gunner machte ein paar Aufnahmen von der Band, indem sie die Kamera auf das Geländer legte und direkt runter auf die Bühne zielte. Wir hatten von unserem Platz einen guten Blick auf den ganzen Club. Ich starrte in die Menge im Parterre und glaubte das Glitzern einer Glatze zu sehen. Es war entweder Daddy Warbucks oder Fishkin, Barkins ehemaliger Manager. Ich rutschte aus dem Stuhl und wandte mich auf der Galerie der Treppe zu. Ich war in einem schnellen Rutsch unten. Die Band spielte eine Country-Rock-Nummer, und ich kam der Bühne nahe genug, um Blane Borgelt berühren zu können.

Ich stand auf der rechten Seite der Bühne und schaute aufmerksam ins Publikum.

»Hinsetzen«, schrie eine wütende Frau.

»Ganz ruhig, Lady«, sagte ich. Ich ging weiter nach hinten in den Club. Das einzige mir bekannte Gesicht gehörte Cooperman. Er nickte mir mürrisch zu.

»Hast du in dieser Gegend einen Glatzkopf gesehen, vor etwa einer Minute?« fragte ich.

»Nein«, sagte Cooperman. »Was ist passiert? Hat er dein Handtäschchen geklaut?«

»Also, Sergeant, wo wir hier so nett beisammen sind, möchte ich mal was wissen.«

»Das glaub ich gern«, sagte er diesseits eines Knurrens.

»Wenn heute was passiert – « wollte ich gerade sagen.

»Wird es nicht«, sagte er. Er sah mich nicht an.

»Wenn es doch passiert«, fuhr ich fort, »dann haben wir doch zwei Songs und zwei Morde, oder?« Ich nahm an, daß selbst Cooperman mir folgen konnte.

»Genieß doch einfach die Musik«, sagte er.

Ich ging zurück zum Tisch. Die Band spielte ihren letzten Song. Es war nach zwei Uhr morgens.

Als ich zurückkam, war Gunner nicht da. »Dein Vögelchen ist ausgeflogen«, sagte Ratso. »Sie sagte, sie würde dich später in der Woche anrufen.«

»Klasse«, sagte ich. Die Band verließ die Bühne, aber die eingeschworenen Fans sammelten sich auf der Tanzfläche unter uns und verlangten eine Zugabe. An meinem Platz stand ein doppelter Jameson und ein kaltes Glas Lone Star Bier. »Mit herzlichem Gruß von Bill Dick«, sagte Ratso. »Er kam, als du weg warst, am Tisch vorbei. Er war ziemlich erleichtert, daß die Borgelts die Nacht überstanden haben.«

»Er glaubt also, wir sind übern Berg, was?« Ich nahm einen kräftigen Schluck Jameson. Ich lächelte Annie an. Sie lächelte mich an.

»Sieht ganz so aus«, sagte Ratso. »Wenn da jemals ein Berg war.«

»Da war einer«, sagte ich. »Hoffen wir, daß wir nicht runterfallen.« Die Band kam auf die Bühne zurück für eine Zugabe. »He, Annie«, sagte ich, »ich wollte dich schon immer was fragen. Warum trägst du deine Armbanduhr um die Fessel?«

Sie sah mich an und lachte, ihre Augen eine Studie in

Lüsternheit und Unschuld. »Eine komische Frage«, sagte sie.

Bubba Borgelt trat ans Mikrofon in der Mitte, und ein sanftes Licht fiel auf ihn. Er sagte, daß wir heute alle einen tollen Abend im Lone Star erlebt hätten. Er dankte allen in New York, daß sie so wunderbar gewesen seien.

»Der Mann hat Ahnung«, sagte Ratso. Ich hätte verdammt gerne gewußt, wie spät es war, wollte Annie aber wirklich nicht fragen.

Bubba hielt eine Hand locker über den Hals seiner Gitarre und griff mit der anderen zum Mikrofon, um es näher zu holen. Als nächstes sprang er auf der Bühne herum wie ein epileptischer Schamane aus Neuguinea. Er hielt immer noch die Gitarre und das Mikrofon, oder eher hielten die ihn. Etwa fünfzehn Sekunden lang erstarrten alle im Saal zu einem makabren Tableau. Alle außer Bubba.

Für einen Moment, der allen wie eine Ewigkeit erschien, kam ein krachendes, knallendes Geräusch auf einer hohen Dezibel-Lage aus den Lautsprechern. Es klang nicht wie Country-Rock. Eine Gestalt schoß vor der Bühne zum Steuerpult, wo der neue Soundman saß und auf die Bühne starrte wie eine hypnotisierte Puppe. Der ganze Raum war in Dunkelheit gehüllt außer den kleinen Glühpünktchen der Zigaretten. Die Lichtpünktchen bewegten sich nicht. Nichts bewegte sich. Es sah aus wie der Old Chisholm Trail in einer sternenklaren Nacht, so erinnere ich mich gedacht zu haben.

Als das Licht wieder anging, stand Cleve am Wandschalter, den er umgelegt hatte, um den Strom zu unterbrechen und das schreckliche Schauspiel zu beenden. Sein Gesicht war ganz weiß.

Ein Geruch erfüllte den Raum wie verbrannte Reifen, nur stärker und etwas süßlicher. Er blieb haften. Das Geräusch war etwas, was man ebenfalls nicht vergessen würde. Klang wie ein Schnellkoch, der Überstunden für eine riesige Portion Pommes frites machte. Aber es hatte allen den Appetit verdorben.

Und es hatte Bubba Borgelt umgebracht.

20

Irgendwann um halb neun am Dienstagmorgen klingelte das Telefon an meinem Bett. Ich hatte von jemand Nettes geträumt. Jemand aus lang vergangener Zeit. Ich war mit ihr in mehreren Filmen gewesen. Viel Aufregendes. Ein paar erinnerungswürdige Liebes-Szenen. So was, was man gern in den Videorecorder steckt, den man manchmal gern Gehirn nennt, und immer mal wieder spielt und wieder und wieder ...

Wo war sie jetzt wohl? Im Knochengarten und betrachtete irgendwelche Nationalblumen von unten. Wenn es in Canada überhaupt Nationalblumen gab. Wie Al Capone einmal sagte: »Ich weiß nicht mal, in welcher Straße Canada liegt.«

Nein, solche Filme wurden nicht mehr gemacht. Wie auch. Man konnte doch von Hollywood nicht mehr verlangen als vom Leben ...

Beim fünften Klingeln grapschte ich entschlossen nach dem Hörer. »Bitte sprechen«, sagte ich.

Die Stimme im Telefon brüllte, klang irgendwie nach einem Fußball-Chor. Es war Ratso. Der Sprechchor lautete: »Dim sum! Dim sum! Numma Wan! Numma Wan! Dim sum!« Ich hatte den Sprechchor schon mal gehört. Er bedeutete, daß Ratso früh aufgestanden war und sich gut fühlte und wollte, daß ich ihm beim Dim sum Gesellschaft leistete. Dim sum ist eine Art chinesisches Frühstück. Der

Ort des vorgeschlagenen Frühstücks war offenbar das Number One Chinese Restaurant in der Canal Street in Chinatown. Das war mein Vormittagsbüro, wenn ich mich in Chinatown aufhielt. Nachmittags war mein Büro das Big Wong's in der Mott Street. Praktisch war mein Büro überall dort, wo es ein Telefon gab und eine einigermaßen hygienische Entsorgung.

Ich blickte auf die Uhr. Es war immer noch halb neun.

»Ihr teilnehmenden Beobachter am Leben habt alles voll im Griff, Ratso«, sagte ich. »Gestern abend siehst du, wie ein Kerl direkt vor dir gegrillt wird, heute morgen hast du Appetit auf gesottene Entenfüße.« Tatsächlich verspürte ich jetzt auch Hunger.

»Darüber will ich ja mit dir reden«, sagte Ratso. »Gestern abend. Wir besorgen uns die Morgenblätter, und du bringst diesen Song mit, ›Settin' the Trees on Fire‹.«

»›Settin' the Woods on Fire‹«, sagte ich.

»Yeah, genau den Song.«

»Ratso, das Notenblatt ist jetzt Beweisstück in einem Mordfall. Es wäre wohl kein allzu kluger Einfall, wenn ich es in ganz New York rumschleppe. Die Bullen wollen es jetzt vermutlich wiederhaben.«

»Was? Haben sie's noch nicht nach Fingerabdrücken untersucht?«

»Yeah, Starsky, haben sie«, sagte ich.

»Dann bring den Song mit«, sagte er. »Vielleicht finden wir den Hinweis.«

»Vielleicht findest du eine Perle in deinem Tofu«, sagte ich.

Die Idee einer Dim-sum-Leichenschau mit Ratso ist nichts, worauf man sich jeden Morgen freuen würde. Aber wenn es schon zur Dim-sum-Leichenschau mit Ratso kommen sollte, dann ist Number One erste Wahl.

Ich ging Vandam zur Sixth Avenue hinauf. Etwas Schnee

war immer noch liegen geblieben, aber der sah nicht so aus wie im Märchenbuch. Er war schwarz und grau und umhüllte billige Weinflaschen, Hundescheiße und zerrissene Wettscheine. Würde einen ziemlich gescheckten Schneemann ergeben.

Ich kreuzte Sixth Avenue, wandte mich links und dann ein paar Blocks die Prince Street hinunter, wo Ratso wohnte. Vorbei an einem Kinderladen, einer italienischen Bäckerei und einem 24-Stunden-Gemüsestand der Moonies, falls man morgens um vier dringend auf gelbe Rübchen Appetit bekäme. Es war eine nette Nachbarschaft. Wenn man Nachbarschaften mochte.

Ich betrat Ratsos Wohnhaus und drückte seine Klingel.

»Wer ist da?« fragte er.

»Son of Sam«, sagte ich liebenswürdig.

»Ich komm runter, Son«, sagte er.

Als Ratso runterkam, trug er seine Waschbär-Mütze ohne Schwanz, und er hatte es sehr eilig. »Komm schon«, sagte er, »wir holen die Zeitungen bei Bennie's, dann nehmen wir ein Taxi nach Chinatown.«

Ratso ging so schnell, daß ich ihm die meiste Zeit ein gutes Stück hinterherlief. »Ratso«, sagte ich, »würdest du zum Teufel etwas langsamer gehen, bitte. Ich fühle mich schon wie eine kleine Graugans, hier hinter dir.«

»Das nennt man Prägung«, sagte Ratso. »Konsultier eine Psychologin.«

»*Du* solltest eine Psychologin konsultieren«, sagte ich.

Wir gingen zu Bennie's, wo Ratso alle drei Zeitungen kaufte: die ›Post‹, die ich immer lese und die Ratso haßt, ›The New York Times‹, die Ratso liebte und der ich nicht glaubte, und die ›Daily News‹, die wir beide lasen, um zu erfahren, ob die Russen den Alamo schon erobert hatten.

Bennie behandelte Ratso immer wie Frank Sinatra, wenn er kam. Ratso genoß es. Kaufte dort jeden Morgen drei

Zeitungen. Vermutlich behandelte Bennie ihn deshalb wie Frank Sinatra.

Während wir in Richtung West Broadway marschierten, Ratso mit der ›Times‹ und der ›Daily News‹ und ich mit der ›Post‹, sagte ich: »Die behandeln uns da wirklich wie Frank Sinatra, Ratso.«

»Yeah«, sagte er.

»Weißt du was, Ratso«, sagte ich, »der olle Bennie ist vermutlich etwas unterbelichtet. Der glaubt womöglich, du *bist* Frank Sinatra.«

Ratso bedachte das einen Augenblick. »Ich sag dir was«, sagte er. »Verdirb ihm nicht den Spaß.«

21

»Welche Stadt?« fragte die Stimme von der Auskunft.

»Das sagen sie alle«, sagte ich.

»Welche *Stadt,* Sir?«

»Nashville. Randy Barkin.« Von dem Telefon, an dem ich stand, beobachtete ich, wie ein Baby-Tintenfisch von Ratsos Eßstäbchen in den Mund wechselte.

»Der Anschluß ist 589-2328«, sagte eine elektronische Stimme mit etwa der gleichen Lebhaftigkeit wie die Auskunfts-Person. Das war aber nicht die Schuld der Auskunft. Man stelle sich mal vor, du lebst dein Leben, und schließlich auf dem Totenbett fliegt dein Leben an dir vorbei, und alles, was du siehst, ist, wie du auf deinem Hintern sitzt und fragst: »Welche Stadt?«

Ich warf eine Münze in den Schlitz und wählte die Nummer in Nashville.

»Vielen Dank, daß Sie AT&T benutzen«, sagte die Vermittlung.

»Yeah«, sagte ich. »Dieser Anruf soll auf die Rechnung meines Büros. Dessen Nummer ist 688-4070.«

»Und Ihr Name bitte, Sir?«

»Ratso«, sagte ich.

»Bitte, wie buchstabiert man das, Sir?« Ich schaute hinüber und sah Ratso einen Hühnerfuß mit den Fingern essen. Die sind mit Eßstäbchen nur zu bewältigen, wenn man sein Geschäft versteht.

»R-A-T-S-O«, sagte ich.

»Danke, Mr. Ratso. Einen Moment, bitte.« Ich dachte mir, den Anruf könnte die ›National Lampoon‹ zahlen. Die konnte auch mal was für diesen Fall springen lassen.

Ich wartete. Eine Anzahl Chinesen in Geschäftsanzügen kam auf dem Weg zur Toilette an mir vorbei. Ein Kerl im weißen Overall passierte mich mit einem toten Schwein über der Schulter.

»Sprechen Sie«, sagte die Vermittlung.

»Randy! Kipp nicht aus den Puschen, alter Gaul. Hier ist Kinky.«

»Hey, Bruder, wie geht's denn?« sagte Randy mit schläfriger Stimme. Egal, wie sehr man es auch mit Overdubs und Remix behandelte, neben New York würde Nashville schläfrig klingen. Dafür hatte Nashville andere Vorzüge. Pat Boone stammte aus Nashville.

»Hör mal, Randy«, sagte ich, »es kann wichtig sein. Kann auch gar nix bedeuten. Wieso hat dein Bruder immer Zwei-Dollar-Scheine bei sich gehabt?«

»Ach, das«, sagte Randy. »Er hat damit angefangen als Gag für Disc-Jockeys und Fans. Er gab denen immer Zwei-Dollar-Scheine als Talisman, nehme ich an, und damit sie sich an ihn erinnerten. Allerdings hat er das vor geraumer Zeit schon aufgegeben. Einmal, fällt mir da ein, gab er einem farbigen Straßenprediger einen Schein, und der farbige Straßenprediger sagte, ›Gott segne dich, mein Sohn‹ –

er wußte nämlich überhaupt nicht, wer Larry war –, ›und möge das Christuskind dich in seiner kleinen Hand halten.‹ Und wir haben alle ›Amen‹ gesagt.«

»Yeah, hübsche Geschichte«, sagte ich. Der einzige Fehler bei den Südstaaten-Baptisten ist, daß man sie bei der Taufe nicht lang genug unter Wasser hält.

»Es war fast wie in der Kirche«, sagte Randy.

»Yeah«, sagte ich, »kann ich mir vorstellen.« Eine Frau eilte vorbei mit einem Tablett voll von Oktopus-Schnauzen oder so was. Ich konnte es nicht richtig erkennen.

»Von wo rufst du an?« fragte er. Ich betrachtete das Meer von chinesischen Gesichtern, die gelassen chinesische Zeitungen lasen und Hühnerfüße aßen, im Herzen des schwirrenden Irrsinns namens New York City.

»Von ganz weit weg«, sagte ich.

22

Man sollte annehmen, daß Bubba Borgelts Abgang nur schwer zu übertreffen wäre. Aber ich fürchtete, der Killer würde es auf den Versuch ankommen lassen. Mein Urteil beruhte auf der Gemeinheit beider Verbrechen und dem makabren Ursprung des »Vorzeichens«, den ich in »Settin' the Woods on Fire« erkannt zu haben glaubte.

Ärgerlich nur, daß es einen Tag zu spät war und ich einen Zwei-Dollar-Schein zu arm. Ich kannte das Vorzeichen, aber nicht den Mörder. Oder besser, ich kannte den Mörder, wußte nur nicht, wer es war.

Mit Hank Williams' Worten, ich mußte mir ein Puzzle zusammensuchen, »a picture from life's other side«. Es war schon schwer genug, auf dieser Seite des Lebens klarzukommen.

Ich wollte in dieser frühen Phase des Spiels möglichst keinen katastrophalen Fehlzug machen. Man könnte sagen, zwei Leichen in zwei Wochen sei nicht gerade früh im Spiel. Aber, wenn Sie das denken, glauben Sie mir, dann haben Sie schon irgendwo einen katastrophalen Fehlzug gemacht. Begeben Sie sich auf die andere Seite des Lebens, und suchen Sie in Ihrem Nähkästchen nach der Straßenkarte der kriminellen Energie. Wer morden konnte, also bewußt jene Grenzen des Humanen überschreiten, die das Leben zivilisierter Menschen bezeichnen, der würde jetzt vermutlich gerade den zweiten Wind bekommen. Und es sah so aus, als würde er Bill Dicks Haus umblasen.

Ich stand am Fenster. Ich lief hin und her. Ich setzte mich an den Schreibtisch. Schließlich hatte ich eine offene Aussprache mit der Katze. Was wissen wir eigentlich Genaues? Der Killer hat zwei Songs verschickt. Er hat beidemal den Empfänger ermordet. Beidemal Country-Sänger, die im Lone Star auftraten. Der Killer ist Linkshänder. Kennt sich gut genug mit Elektrizität aus, um einen Kurzschluß in der Gesangsanlage auszulösen. Kennt Hank Williams in- und auswendig. Jede Nuance jeder Zeile. Er hat einen krankhaften Sinn für Humor. Er ist sehr geschickt mit dem, was er tut. Alle Spuren, die er hinterlassen hat, hat er mit Absicht hinterlassen. Kein Gesicht. Kein Name. Kein offensichtliches Motiv. Und eine weitere Sache. Er hat ein »cold, cold heart«.

»Was hältst du davon?« fragte ich die Katze. Die Katze hielt offenbar nicht viel davon, denn sie gähnte und legte sich wieder schlafen.

»Das halte ich auch davon«, sagte ich. Keiner von uns beiden wußte zu dem Zeitpunkt, daß wir ihm ganz nahe waren. Und bald würde er, aufgerichtet auf zwei Beinen, sich mit der rasenden, unbeschreiblichen Bosheit einer gefangenen Ratte gegen uns wenden.

23

Freitag mag das Ende der Woche gewesen sein, aber es war der Beginn eines Albtraums. Nicht, daß die vorherigen zwei Wochen ein Honigschlecken waren. Aber es konnte noch schlimmer kommen.

Und das wurde es.

Ich war mitten in einem unruhigen Traum, als mich am Freitagmorgen ein anhaltendes Hupen auf der Straße aufweckte. Ich hatte geträumt, ein kleines Baby auf dem Bürgersteig vor den Village Cigars gefunden zu haben. Es war viel kleiner, als ein Baby sein sollte. Etwa zehn Zentimeter lang, mit einer Sonderbriefmarke als Windel.

Ich nahm das Baby auf und hielt es in meiner Hand, als eine Gruppe bekannter Gesichter sich um mich zu sammeln begann. Uptown Judy und Downtown Judy standen da beisammen wie wahnsinnige Doublemint-Zwillinge. Bill Dick war Admiral. Ratso trug seine üblichen Sonny-Bono-Second-Hand-Klamotten. Cleve versuchte, wie ein Assistent des Präsidenten, die Presse von mir und dem schrecklich kleinen Baby fernzuhalten. Flippo war SS-Offizier. Dann war da ein Kerl mit einem Haarschnitt wie Harpo Marx. Er bot Sergeant Cooperman und Sergeant Fox Kokain an, die nebeneinander spazierten und synchron mit ihren Gummiknüppeln wirbelten.

Gunner war die Rote Königin. Sie trug ein gigantisches Tablett, auf dem zwei winzige Schalen mit Chili standen, eine für mich und eine für das Baby. Mike Simmons stand etwas beiseite. Er trug einen riesigen weißen Hut über seinem schmalen Gesicht. Seine Schultern waren leicht gebeugt, wie über ein Mikrofon. Er trug einen glitzernden Cowboy-Anzug, der die Sonne wie mit einer Million kleiner Spiegel reflektierte. Einen Augenblick konnte ich ihn erkennen, dann wurde das Licht zu strahlend. Er sah aus wie das glänzende Abbild von Hank Williams.

McGovern war bekleidet mit einer David-Copperfield-Mütze und zerlumpten Klamotten. Er sah aus wie ein riesiger Zeitungsjunge, und tatsächlich hielt er eine Zeitung hoch und rief etwas, was ich nicht verstehen konnte. Dann erblickte ich die Schlagzeile. Sie lautete EXTRA! KINKY IM LONE STAR ERMORDET! Auf McGoverns Gesicht lag ein breites Grinsen.

Die Menge geriet außer Kontrolle. Sie kamen mir alle immer näher. Ich fürchtete um die Sicherheit des Kindes. Die Menge begann, gemeinsam im Chor einen immer lauteren, betäubenden Satz zu brüllen. Sie brüllten: »Wechsel die Windel! Wechsel die Windel! Wechsel die Windel!«

Schließlich drängelte sich Sergeant Cooperman durch die Menge zu meinem Standort. Ein- oder zweimal klatschte er mit dem Gummiknüppel in seine Handfläche. Das Geräusch schallte laut durch ganz New York City. Dann, mit einer erstaunlich freundlichen Stimme, sprach Cooperman mich an. »Was soll das hier alles heißen?« fragte er. »Was soll das hier heißen?«

Ich wußte nicht, was das verdammt heißen sollte. Alles, was ich wußte, war, daß jemand seine Hupe betätigte und es klang, als ob sein Auto mitten in meinem Schlafzimmer geparkt sei.

Ich stieg aus dem Bett, zog den lila Morgenmantel an und ging hinüber zum Küchenfenster, ungefähr der Richtung, aus der das Hupen kam.

Ich öffnete das Fenster. Das Hupen stammte von einem Auto, das jemand direkt vor 199B Vandam auf den Bürgersteig gefahren hatte. Der Wagen hatte ein grünes Kojak-Licht auf dem Dach.

»O Gott«, sagte ich. Die Katze sprang auf das Fensterbrett. »Was wollen die denn jetzt von mir?« fragte ich die Katze, während ich sie mit beiden Händen festhielt.

Ich setzte die Katze auf den Fußboden zurück und lehnte

mich aus dem Fenster. Ein Lieferwagen setzte sich auf dem Bürgersteig hinter das Auto. Er war entweder dreckigweiß oder beige, ehe die Tauben ihn entdeckt hatten. Auf der Seite trug er eine Art Wappen und den Schriftzug des Wohnungsamts von New York City. Darunter stand »Nur zum Dienstgebrauch«. Vielleicht kamen sie, um die lesbische Tanzschule festzunehmen, dachte ich.

Zwei sehr ernste, sehr große Männer mit Schlips und Anzug entstiegen dem Lieferwagen. Meine normale alltägliche New Yorker Paranoia erwachte. Paranoia ist einfach ein Schutzmittel, das die Natur allen verliehen hat, die in der Stadt leben. Was waren das für Kerle? fragte ich mich. Kosaken? Gestapo? Parkuhr-Kontrolleure?

Die beiden Kerle schauten jetzt zu mir rauf. Sie lächelten oder winkten nicht. Was, zum Teufel, wollten die zu dieser frühen Tageszeit? Ich hatte keine Vorstellung. Ich glaubte kaum, daß ich irgendwelche unbezahlten Park-Tickets hatte. Ich glaubte kaum, daß ich überhaupt ein Auto hatte.

Ich hatte das Loft längerfristig von einer unfreundlichen Griechin untergemietet, die mich etwa so gern hatte wie Spinnen. Das einzige, was sie von mir verlangte, war, daß ich ihre Blumen gießen sollte. Das war das einzige, was ich stets vergaß. Bisweilen hielt ich meinen Zigarrenqualm für ein Mittel, die Spuren ihrer schlechten Vibrationen auszuräuchern. Doch sie und ich befanden uns in einer Art New Yorker Mieter-Totentanz. Bei dem Geld, das ich ihr zahlte, konnte sie mich nicht rausschmeißen, ohne sich selbst den Hals abzuschneiden. Vielleicht hatte der Hausbesitzer vom Untermiet-Verhältnis Wind bekommen und setzte mich und die Katze auf die Straße. Wen sollte ich anrufen? Ich konnte nicht die Bullen anrufen. Konnte nicht das Wohnungsamt anrufen . . .

Schließlich entstieg eine vertraute Gestalt dem Auto. Sie blickte zu mir herauf und schrie: »Nun wirf doch endlich den Scheiß-Puppenkopf runter!«

Es war Rambam. Er war ein alter Freund von mir, der einige Jahre im Innern verbracht hatte. Nicht im Innern seines Apartments. Im Innern des staatlichen Niemandslands. Rambam war Privatdetektiv. Er wedelte immer mit einem Zulassungsausweis herum, aber niemand hatte jemals Gelegenheit, ihn näher zu betrachten. Er behauptete, er würde immer noch in allen Staaten gesucht, die mit einem I beginnen. Er kannte Leute, von denen selbst Ratso niemals geträumt hatte. Er verfügte über Verbindungen, auf die viele gar keinen Wert legen.

Ich warf den Puppenkopf hinunter.

Die beiden Kerle holten ein sargähnliches Gebilde, bedeckt mit einer Plane, hinten aus dem Lieferwagen. Kurze Zeit später standen alle drei und das große geheimnisvolle Objekt vor meiner Tür.

»Darf ich dir deine neue Espresso-Maschine vorstellen«, sagte Rambam. Die beiden Kerle brachten sie herein und begannen, sie in der Küche aufzubauen. Sie war groß, verchromt und glänzend wie die in einem italienischen Restaurant. Oben drauf hockte ein bronzener Adler.

»Mein Gott«, sagte ich, »das muß jemand an den Bettelstab gebracht haben.«

»Glaub ich nicht«, sagte Rambam mit kurzem Lachen. »Du erinnerst dich an das Mädchen, das du in der Bank gerettet hast?«

»Du meinst COUNTRY-SÄNGER ENTREISST GANGSTER SEIN OPFER?« fragte ich.

»Genau die«, sagte er. »Nun, ihr Schwiegervater ist Joe, die Hyäne.«

»Das ist aber schön«, sagte ich. Was sonst hätte ich sagen können?

»Er wollte, daß du dies bekommst. Das sind zwei Söhne von Joe, der Hyäne. Sie sprechen kaum Englisch. Sie sind frisch vom Schiff.«

»Vom Traumschiff?« fragte ich.

»Gott, ist das komisch«, sagte Rambam. Er sagte etwas auf italienisch zu den zwei Kerlen, sie stellten ein paar Knöpfe an der Maschine ein, nickten dann und gingen.

»Ich wußte gar nicht, daß du Italienisch kannst, Rambam«, sagte ich.

»Nur ein paar Brocken, hier und da«, sagte er.

»Was hast du denn eben zu den Söhnen von Joe, der Hyäne, gesagt?« fragte ich. Ich zündete die erste Morgen-Zigarre an und nahm zögernd ein paar Züge.

»›Bringt den Wagen zurück‹«, sagte er. Er lud die Maschine mit einem Beutel gemahlenen Kaffees mit der Aufschrift »Italienische Spezial-Röstung«. Er regulierte ein paar Hebel, staubte den Adler mit der Hand ab, und wir beiden lehnten uns zurück, um abzuwarten, was passieren würde.

Eine Zeitlang passierte gar nichts. Rambam, die Katze und ich beglotzten die Maschine. »Mach schon, Baby«, sagte Rambam, »gib mal Laut.«

»Vielleicht spricht sie Japanisch«, sagte ich.

»Diese Maschine?« fragte Rambam ungläubig. »Du beliebst zu scherzen.« Die Maschine begann, ein wenig zu zischen und zu summen. Dann fing sie zu gurgeln an. Dann war sie voll im Rennen. »Riech mal den Espresso«, sagte Rambam. »Die Maschine zahlt sich schon aus. Vertreibt den Zigarrengestank hier.«

Schwerer Zigarrengenuß und was ich gerne den sozialen Einsatz von Kokain nannte, hatten meinen Schnauber ziemlich ruiniert. Aber ich konnte den Espresso riechen. »Duftet gut«, sagte ich. »Das erste, was ich seit sieben Jahren riechen kann.«

Rambam und ich setzten uns mit zwei Tassen dampfenden Espressos an den Küchentisch. »So gut wie im Caffè Roma«, sagte er.

»Müssen ohne Zitronenschale auskommen«, sagte ich.

»Wir werden's schon überstehen«, sagte Rambam. Er griff in seine Manteltasche und entnahm ihr ein gefaltetes Exemplar der ›Daily News‹. Er reichte es mir rüber. »Sieht so aus, als ob dein Kumpel Bill Dick Probleme hat«, sagte er. »Keiner wird mehr in seinem Club spielen wollen.«

»Yeah«, sagte ich. Ich entfaltete die Zeitung und entdeckte auf der Titelseite als erstes McGoverns Signatur. Die Story trug die Schlagzeile:

HANK WILLIAMS-MORDE

ZWEI SONGS – ZWEI OPFER

Es war unvermeidlich, daß McGovern früher oder später auf die Tatsache stoßen mußte, daß jemand Hank-Williams-Songs als Mord-Einladungen verschickte. Ich fragte mich, mit wem er gesprochen hatte? Flippo? Cleve? Bill Dick? Es war eigentlich egal. Das Wichtige daran war, daß angesichts der Sensationslüsternheit und Konkurrenz der New Yorker Presse das öffentliche Interesse an dem Fall sowie der Druck, ihn zu lösen, ins Unermeßliche steigen würde. Das war eine schlechte Nachricht für die Bullen. Und es war eine schlechte Nachricht für mich. Denn den Fall zu lösen war nicht leicht. Um es ganz vorsichtig auszudrücken.

Es war das erstemal, daß ich an diesem Tag an Hank Williams dachte. Es war allerdings auch gerade erst elf.

»Was mach ich nun mit Joe, der Hyäne?« fragte ich Rambam. »Ein Dankesschreiben schicken, oder so?«

»Nein«, sagte Rambam, »du hast für ihn deine Leistung bereits erbracht, indem du in der Bank seine Schwiegertochter gerettet hast.«

Ich beobachtete, wie die Dezember-Sonne in das Loft schwappte, und spürte, wie sie die Kälte ein wenig vertrieb. Ich begann mich recht wohl zu fühlen. Vielleicht lag es am

Espresso, oder vielleicht war es der wärmende Gedanke, daß ich ein Leben gerettet hatte und daß jemand dafür dankbar war.

»Du hast Glück«, sagte Rambam. »Die meisten, die was in der Bank machen, kriegen höchstens einen Grill.«

24

Es war eine halbe Stunde nach Gary-Cooper-Zeit, und ich war unterwegs, um Katzenfutter zu kaufen. Die Sonne war nirgendwo mehr zu entdecken. Vielleicht dachte sie, sie könnte sich früher verdrücken. Vor der Rush-hour abhauen. Ich war halbenwegs beim Krämerladen, als es zu regnen begann. Ich renne niemals, wenn es zu regnen beginnt. Ich schlendere im alten Tempo weiter und versuche zwischen den Tropfen durchzukommen. Man wird so oder so etwa gleich naß, aber es sieht albern aus, wenn man rennt. Wenn man weiter schlendert, sieht es verrückt aus. Es liegt mehr Würde im Verrückten, und es ist weniger anstrengend.

Als allgemeine Konzession an den Regen beschloß ich allerdings, in einen schicken kleinen Feinschmeckerladen zu treten. Etwa alles, was sie dort zu bieten hatten, waren Feinschmecker-Pistazien und Katzenfutter zu siebenundneunzig Cent pro Dose. Ich kaufte vier Dosen. Es gab keine Rabattmarken.

Auf meinem Heimweg durch den Regen sah ich einen Mann mit ausgestreckter Hand und einem Pappschild um den Hals. Es lautete BIN VETERAN. BITTE HELFEN SIE MIR. Ich gab ihm fünf Dollar. Er salutierte. Ich ging um die Ecke nach Hause.

Ich fütterte die Katze, zündete eine Zigarre an und trat ans Fenster. Ich beobachtete die Regentropfen, wie sie die rostigen Feuerleitern jenseits der Straße umwirbelten. Die Katze beendete ihre Mahlzeit und sprang aufs Fensterbrett. Gemeinsam betrachteten wir eine ganze Zeitlang den Regen.

Ich fühlte mich unbeschreiblich einsam. »Hey«, sagte ich zur Katze. »Hab ich dir jemals über meine Zeit in Vietnam erzählt . . .«

Die Katze betrachtete weiter den Regen.

Als es dämmerte, rief ich Gunner an.

»Hello«, sagte eine atemlose, britische Stimme.

»Unterbreche ich dich irgendwie?«

»Nein«, sagte Gunner, »ich war den ganzen Nachmittag in der Dunkelkammer.«

»Wachsen dort auch Pilze?« fragte ich.

»Nein«, sagte sie.

»Hatte ich auch nicht angenommen«, sagte ich. »Magst du mir morgen abend beim Dinner im Derby Gesellschaft leisten?«

»Ich schau mal im Kalender nach«, sagte sie. »Ach. Ich hab um sechs eine Session. Aber ich könnte dich gegen neun treffen.«

»Fein«, sagte ich.

»Fein«, sagte sie. Das letzte Mal, als ich ein weibliches Wesen am Samstagabend zum Dinner ausführte, war ich ein junger Cowboy, und der Broadway war noch Prärie. Ich legte auf.

Ich hatte mehr als nur gesellschaftliches Interesse an Gunner. Es gab da ein paar Fäden, die ich von ihrem viktorianischen Tweed aufpicken wollte. Ich hatte die ganze Woche Fäden verfolgt und fühlte mich langsam wie Rapunzel ohne das Spinnrad. Wenn ich all die Fäden, die ich in diesem Fall gesammelt hatte, verweben könnte, dann hätte es ein so unschönes Gespinst ergeben, daß niemand mehr meinen Salon betreten würde.

Murray Fishkin, der Anwalt, war nie in seinem Büro, wenn ich anrief. Ich besaß weder die Mittel noch die Autorität, einen Kerl wie Fishkin einzupferchen, aber ich mußte möglichst schnell einen Weg finden, an ihn ranzukommen. Außerdem plante ich, Simmons und Flippo ein wenig aufs Fell zu rücken – vielleicht entdeckte ich ja ein paar verborgene Fäden oder einen nervösen Tick.

Ich goß mir einen Jameson ein und kippte ihn an meinem Schreibtisch runter. Verdächtige sind nur Verdächtige. Man kann sie einfach nur verdächtigen. Würde man mal richtig nachdenken, würde man vielleicht die Kunst entdecken, mit dem Kopf nicht immer gegen die Wand zu rennen. Ich kippte noch einen Jameson runter. Ich fischte im Papierkorb herum und fand eine recht ansehnliche, halbgerauchte Zigarre und befeuerte sie. Die summt dich an, wie es eine frische niemals ganz schafft.

Ich würde warten. Würde den Killer den nächsten Zug in diesem Schachspiel machen lassen. Allen Killern ging eine wichtige Eigenschaft ab. Ihnen fehlte, wie Holmes persönlich es ausdrückte, »jene höchste Gabe eines Künstlers – das Wissen, wann man aufhören muß«.

Hank würde bald wieder zuschlagen. Wenn er es tat, dann würde ich zuschlagen und ihn an den Leguan verfüttern. Ich schüttete noch einen Jameson runter. Ich würde einfach hier sitzen und warten, daß etwas passiert.

Warten ist langweilig. Die meisten Menschen verbringen ihr Leben mit Warten. Daß Züge vorbeifahren. Daß Prinzen erscheinen. Daß Agenten anrufen. Daß Schiffe einlaufen. Auf Telefonanrufe, die ihr Leben verändern. Ich war da nicht anders.

Ich wartete darauf, daß ein Mörder mordete.

25

Das Monkey's Paw, voll stickiger Wärme und hohlen Gelächters, griff nach den einsamen Bewohnern des eisigen Trottoirs und zog sie herein mit einer gierigen Affenpranke. Der kalte Regen, der am frühen Abend begonnen hatte, war jetzt einem Graupelschauer gewichen. Es war kein Abend, um die anheimelnden Auslagen der anheimelnden kleinen Läden im Village zu betrachten. Es war viel zu kalt für Heimeligkeit.

General Sheridan stand, natürlich, immer noch an seinem Platz und hielt die Stellung, während ihm die Graupelkörner wie feindliche Kugeln vom Mantel platzten. Er war in etwa der einzige Kerl, der auf dem Platz herumhing, ohne degeneriert zu sein. Er sah stolz, ernst und mißbilligend aus, selbst mit einem Eiszapfen an der Nase. Er war vielleicht mittelmäßig als General, machte sich aber ausgezeichnet als Denkmal.

Ich erreichte das Paw etwa eine Viertelstunde nach Cinderellas Zapfenstreich.

»Du kommst spät«, sagte Ratso. Er hockte in einer fernen Ecke an der Biegung des Tresens, nahe der Heizung.

»So'n Scheiß hast du zu Marilyn Monroe nie gesagt, wenn sie zu spät kam, Ratso«, sagte ich.

»Das waren auch noch andere Zeiten«, sagte Ratso. »Wir waren jung, rastlos, sorgenfrei, weiß, liberal . . . dumm.«

»Das kannst du zweimal sagen«, sagte ich.

»Ich hab's vergessen«, sagte Ratso.

Wir bestellten eine Runde bei Tommy, dem Barmann. »Diese kann mal auf die ›Lampoon‹ gehen«, sagte ich.

»Wenn du so weitermachst, geht's auf deine häßliche Jagd-Weste da«, sagte Ratso.

»Mach's halblang«, sagte ich. »Meine nächste Gehirnoperation ist frühestens in zwei Stunden angesetzt.«

Tommy brachte die Drinks. Ich nahm einen herzhaften Schluck. Einfach um die Trägheit zu überwinden.

»Zunächst einmal, Ratso«, sagte ich, »möchte ich dir für deine Hilfe neulich abend danken.« Ich kippte den Rest hinunter.

»Wie das?« fragte Ratso.

»Erinnerst du dich, wir sprachen im Loft über linkshändige und rechtshändige Schatten? Ich war deprimiert, weil der Fall überhaupt nicht von der Stelle kam. Du sagtest: ›Sei nicht so negativ.‹«

»Yeah?«

»Nun, das ist jederzeit ein vorzüglicher Rat«, sagte ich, »besonders zutreffend zumal, wenn man von Kontaktabzügen spricht. Die sind vom Negativ, Ratso. Das Negativ ist seitenverkehrt.« Ich gab Tommy das Zeichen für eine neue Runde.

»In dem Foto von mir und Reshevsky, da ist das weiße Feld jeweils rechter Hand vom Spieler. Am nächsten Tag war ich im Polizei-Laden und hab mir von Cooperman die Kontakte noch mal zeigen lassen. Die Typen spielten Schach im Washington Square Park. Du erinnerst dich? Das *schwarze* Feld war rechter Hand vom Spieler.«

Tommy brachte ein Bass Ale und einen Jameson für mich und einen Wodka-Grapefruit für Ratso. Ratso hing der Einbildung nach, durch diesen Drink würde er abnehmen. Ich hatte zwar so meine Zweifel, aber je mehr er davon trank, desto dünner sah meine Geldtasche aus.

»Ich versprech dir eines«, sagte ich. »Wenn der Mörder gefaßt wird, dann ist es ein Linker.«

»Mein Gott«, sagte Ratso, »und ich dachte, er sei aus Houston. Offenbar eine falsche Fährte.«

»Offenbar«, sagte ich.

Diverse Grapefruit-Plantagen später verriet ich Ratso das

»Vorzeichen«, das ich in »Settin' the Woods on Fire« entdeckt hatte. Die eindeutige Verbindung zwischen dem Song und Bubba Borgelts Tod.

»Das ist ein widerliches Vorzeichen«, sagte ich. »Du hast es im Song nicht entdeckt, weil du ein normales Gehirn hast.«

»Vielleicht ist normal nicht ganz der rechte Ausdruck«, sagte Ratso.

»Einfallsreich, kindlich, vertrauensvoll . . .«

»Yeah«, sagte Ratso. Es war nur ein Wort, aber er fing an zu lallen.

»Was ich dir zu sagen habe, bringt uns der Entdeckung des Killers kein Stück näher, aber es vermittelt uns einen guten Einblick in seine Gehirnwindungen. Und das ist zumindest ein höchst widerlicher Anblick.«

»Nun spuck's schon aus«, sagte Ratso. »Vielleicht kann ich mich einfühlen.« Er lachte ein kurzes, nervöses Lachen. Ich zündete mir eine Zigarre an.

»Davon geh lieber nicht aus«, sagte ich. Ich paffte ein wenig an der Zigarre. Sie war nicht schlecht.

»Okay«, sagte ich. »Ich kannte mal diesen Gefängnismenschen, unten in Texas. Er hat mir erzählt, wie eine Hinrichtung auf dem elektrischen Stuhl vor sich geht. Er sagte, sie würden die Verurteilten immer viel fester anschnallen, als man für nötig hält. Wenn man es nicht täte, sagte er, ›würden sie aufstehn und rumtanzen‹.

Nun, das ist es, was Bubby Borgelt Montag nacht passiert ist. Außer, daß ihn niemand angeschnallt hat.«

»Wie meinst du das?« fragte Ratso.

»Ich meine, jemand wollte Bubba tanzen sehen. Jemand, der das Leben mit den Augen des Bösen betrachtet.

Dem Killer, so vermute ich, gefiel besonders dieser kleine Vers in dem Song:

We'll take in all the honky-tonks.
Tonight we're havin' fun.
We'll show the folks a brand new dance
That never has been done.

Der Mörder hat diese Zeilen in einer Art zum Leben erweckt, wie sie sich Hank Williams niemals erträumt hat. Er sah ganz perverse Möglichkeiten in dem alten Lied, die nur einem höchst kranken Cowboy in den Sinn kommen würden. Wir haben den ›brand new dance‹ Montag nacht auf der Bühne des Lone Star gesehen. Der Killer benutzte Borgelts Körper und seine Seele. Um es den Leuten zu zeigen. Um diesen knochenklappernden, herzbrechenden, hypnotischen, fürchterlich unkontrollierten Breakdance ein einziges Mal auf die Bühne zu bringen. Jemand hat es geplant, sich einen weggelacht, alles makellos ausgeführt und sich da den ganzen widerlichen Auftritt gemeinsam mit uns allen angeschaut. Eine fesselnde Vorstellung, meinst du nicht?«

Ratso saß einen Moment still da. Er schüttelte langsam den Kopf, als ob er eine Erinnerung abschütteln wollte, die man nicht abschütteln kann. Er versuchte ein kleines Lachen, aber es klappte nicht. Ratso sah mich an. Ich sah Ratso an.

»Schockierend, Sherlock«, sagte er.

26

Mein Küchentisch sah aus wie Lou Grants Tisch an einem schlechten Tag. Er war überhäuft mit den Zeitungen fast einer ganzen Woche, und die sollten mir nicht dazu dienen, die Zukunft der Oktopus-Schnauzen zu verfolgen. Ich benötigte alle nur erreichbaren Informationen über den »Lone-Star-Killer« und die »Hank-Williams-Morde«, als wer und was er und sie inzwischen bekannt geworden waren.

Ich wandte mich träge meiner zweiten Tasse Espresso zu und zündete eine Zigarre an. Ich betrachtete die Titelseite der ›Daily News‹ vom Dienstag. Die Schlagzeile lautete ZWEITER SAITENAUFZIEHER IM LONE STAR GERISSEN. Ich lehnte mich in meinem Stuhl zurück und durchsuchte den Haufen, bis ich eine wahrlich erstaunliche Schlagzeile in der Spätausgabe der ›New York Post‹ vom Donnerstag gefunden hatte. Der Artikel war offensichtlich geschrieben worden, als nur ganz wenig neue Informationen in der Geschichte aufgetaucht waren. Die ›Post‹-Schlagzeile lautete ZWEITER STAR ERMORDET – VERBINDUNG ZUM BÜRGERMEISTER.

Ich schlürfte noch etwas Espresso und paffte an der Zigarre. Die ›Times‹ war ein bißchen spät in die Sache eingestiegen, doch am Mittwoch hatte sie erkannt, daß wirklich etwas Ungewöhnliches im Lone Star Café geschehen würde. Bis Freitag war sie mit beiden Füßen auf den fahrenden Zug gesprungen und versuchte nun, die Lokomotive zu spielen. Die Schlagzeile zur Story in der ›New York Times‹ vom Freitag lautete MUSS COUNTRY-MUSIC ENDLICH VERBOTEN WERDEN?

Die Geschichten waren alle erstaunlich ähnlich. Es gab Interviews mit dem Lone-Star-Besitzer Bill Dick, aus denen ich die Größe seines Bootes erfuhr – vierzehn Meter – sowie diverse nautische Details, die ich gar nicht wissen wollte, und mit dem Manager des Lone Star, meinem alten Kumpel Cleve, der sich zum Experten für Kriminologie, elektrische Verkabelung, Volkserziehung und ganz allgemein in Psychologie entwickelt zu haben schien. Dabei hatte ich ihn immer für einen Tournee-Musiker gehalten, der einen festen Job angenommen hatte, als seine Band beschloß, sich aufzulösen.

Der andere Name, der in den Storys ständig auftauchte, war der von Chet Flippo. Er galt als ausgewiesener Experte für Hank Williams und war als solcher plötzlich überall gefragt. »Weshalb wählte der Killer eine so kuriose Methode, seine Morddrohungen zu verbreiten?« fragte der Reporter. »Wie ich schon in meinem Buch ausgeführt habe . . .«, antwortete Flippo. Und so weiter.

Fragen gingen auch an Fox und Cooperman, da sie offenbar die prominentesten Vertreter des NYPD in dem Fall waren. »Wir haben im Augenblick keine Verdächtigen.« »Wir verfolgen im Moment eine Reihe von Spuren.« »Wir arbeiten dran.« Die Sache sah nicht gerade vielversprechend aus.

Alle wollten wissen, was wirklich los war. Niemand wußte es tatsächlich, außer einer Person. Und die schwieg.

Die Telefone klingelten. Ich stand auf, schaffte es bis zum Schreibtisch und schnappte mir das linke beim zweiten Klingeln. Noch mehr Klingeln hätte mir das Gehirn verätzt. Es war 03:04 nachmittags. Es war Chet Flippo.

»Hi«, sagte er. »Ich rufe an, um dich zu einem literarischen Ereignis einzuladen. Morgen nachmittag zwischen drei und sechs im Lone Star. Es ist eine Party für das Buch.«

»Hört sich nach einem Haufen Spaß an«, sagte ich.

»Es ist interessant«, sagte Flippo. »Warst du schon mal bei so einer literarischen Sache?«

»Nö«, sagte ich.

»Dann mußt du aber wirklich kommen«, sagte er.

»Ich war in Mexiko mal bei einem Hahnenkampf«, sagte ich. Flippo lachte ein herzhaftes, literarisches Lachen.

»Dann bis morgen«, sagte er.

Ich legte auf und schaute auf das ungeöffnete Buch, das immer noch auf der Ecke des Schreibtischs lag, wo ich es hingelegt hatte. Vielleicht sollte ich das verdammte Ding doch lesen. Konnte ein Buch über einen Country-Sänger, der vor dreiunddreißig Jahren gestorben war, irgendwas über die Bedrohung eines gegenwärtigen Killers aussagen, der New York City unsicher machte? Unmöglich, dachte ich.

Höchst unwahrscheinlich, zumindest.

Halb zehn, Samstag abend. Ich saß am kleinen Bartresen im Derby in der Mac Dougal Street, bearbeitete meinen dritten Courvoisier und wartete auf Gunner. Ich mochte eigentlich noch nie Courvoisier, aber ich kannte mal eine Person, die ihn sehr mochte, und ich liebte sie sehr. Deshalb trank ich jetzt bisweilen Courvoisier und lächelte in mich hinein. Wenn jemand beobachtet hätte, wie ich da so alleine vor mich hin trank und in mich hinein lächelte, hätte man annehmen können, ich würde planen, meine Frau umzubringen. Aber das tat ich nicht. Ich hatte gar keine Frau.

»Hello«, sagte eine Stimme hinter mir. Ich drehte mich gerade noch rechtzeitig um, um ein blendendes Lächeln mitzubekommen.

»Hab ich dich lange warten lassen?« fragte sie.

»Yeah«, sagte ich. Ich bemühte mich um eine Ökonomie der Worte. Frauen fliegen auf den starken, schweigenden Typ. Außer in den seltenen Fällen, wo sie den höchst geschwätzigen, unentschlossenen Typ bevorzugen. Ich hatte beides drauf. Manchmal, in extremen Situationen, würde ich schnell zwischen den beiden Rollen wechseln, falls nämlich die Frau einen Kerl mochte, der mit seiner Identität Probleme hatte. Ich mochte es aber nicht übermäßig. Es war mir auch scheißegal, was eine Frau dachte. Darin lag möglicherweise der Grund, weshalb mein Leben ein Schiffbruch war. Ich behandelte Frauen wie alle andern, und was man auch Anderslautendes erzählen mag, ist das die falsche Methode. Normalerweise.

»Das ist ein hübsches Plätzchen«, sagte Gunner.

»Yeah«, sagte ich.

»Yeah?« fragte sie. »Yeah. Ist das alles, was du so zu sagen hast? Yeah?«

»Yeah«, sagte ich.

Sie setzte sich neben mich an den Tresen. Sie legte ihre Hand auf meine Schulter.

»Ich glaube, du sagst ›Yeah‹, weil die Leute glauben sollen, du seist ein harter Kerl«, sagte sie sanft, aber bestimmt. Sie blickte mir direkt in die Augen. Sie nahm auch ihre Hand nicht von meiner Schulter. Das war mir völlig egal. Sie hätte sie überall hinlegen können, wo sie wollte. »Du bist doch eigentlich gar kein harter Kerl, oder?« fragte sie.

»Nicht wirklich«, sagte ich. Ich gab dem Courvoisier den Rest. »Ich sag nur ganz gerne immer ›Yeah‹. Es stammt aus einem Beatles-Song, den ich mal gehört habe. Hunger?«

»Ich sterbe vor Hunger«, sagte sie.

»Fein«, sagte ich. »Bestellen wir ein paar große, haarige Steaks.«

»Klingt verführerisch«, sagte sie.

Wir nahmen an einem der hinteren Tische Platz, bestellten Wein. Ich ließ Gunner den Wein auswählen. Laß stets die Frau den Wein auswählen. Läßt dich feinfühlig, unschuldig erscheinen. Vielleicht ein wenig verwundbar. Es ist außerdem meistens billiger, weil die Frau versucht, dich zu schützen, weil sie glaubt, du seist so verwundbar.

Gunner bestellte eine sehr teure Flasche französischen Wein. Ich verstand noch nicht mal genug von Fröschen, um das Etikett lesen zu können. Während der Kellner die Flasche entkorkte, sagte Gunner zu mir: »Hast du den schon mal probiert?«

»Nein«, sagte ich. »Ich bleib normalerweise bei Château de pisse Katz.« Sie sah so schön aus wie ein Bild, als sie ein kleines, leichtes, britisches Lachen ausstieß. Nur um die

Zeit zu überbrücken, in der der Kerl den Korken aus der Flasche zog. Als ich sie anschaute, begann sie sogar schöner auszusehen als ein Bild. Schöner als alle Bilder, die sie jemals knipsen würde. Ein flüchtiger Gedanke streifte einen staubigen Tisch in meiner Gehirnkammer. Vielleicht weniger ein Gedanke als vielmehr ein Gefühl. Das Gefühl gefiel mir nicht. Es war eine Art irrationaler Verwirrung, dick garniert mit Mißtrauen. Mißtrauen in die Vision, die mir auf der anderen Seite des Tisches gegenübersaß.

Was wußte ich eigentlich wirklich über diese Braut? Verdammt wenig auch. Sie sah zu schön aus, als daß man ihr trauen konnte. Zu gut, um wahr zu sein. Ich wußte nicht einmal ganz sicher, ob die Fotos, die sie uns bei Costello's gezeigt hatte, wirklich zu dem Zeitpunkt gemacht worden waren, wie sie behauptete. Oder ob sie sie vorher manipuliert hatte. Bestimmt nicht. Doch sie hatte offenbar ein unheimliches Talent, in der Nähe zu sein, wenn mysteriöse Morde geschahen. Na und? Ich hatte das gleiche kleine Talent doch auch. Hatte Gunner das Lone Stor verlassen, ehe jemand den Saft andrehte und Bubba tanzen ließ? Sie war den ganzen Abend dageblieben. Warum ging sie dann ausgerechnet vor dem letzten Song?

War ich einfach nur paranoid? Möglich. Doch wenn man nur lang genug paranoid ist, hat man früher oder später auch mal recht. Der Kellner kämpfte mit dem Korken, und ich kämpfte mit dem Verdacht, daß Gunner etwas verbarg. Daß sie etwas wußte, was ich wissen müßte. Aber ich wußte nicht, was ich wissen müßte, was sie wußte. Wenn das irgendwelchen Sinn ergab. Ich lächelte ihr über den Tisch zu. Sie lächelte zurück. Was soll's! Irgendwem muß man trauen.

»Ich hoffe, es ist ein gutes Jahr«, sagte Gunner.

»Bislang war es ziemlich beschissen«, sagte ich. »Ich weiß nicht so recht, aber für mich begann das Jahr ziemlich langsam. Nach einer Weile nahm es etwas an Drive zu, und das Leben wurde lediglich langweilig. Dann, als es gerade den Anschein hatte, als würde sich der Wurm des Schicksals in meine Richtung bewegen, taucht dieses Gebrüder-Paar im Lone Star auf und verwandelt mein ganzes gottverdammtes Leben in ein ekelhaftes, mörderisches Kuddelmuddel. Ich weiß nicht ... Vielleicht wird das nächste Jahr besser. Wer weiß?« Ich schenkte Gunner mein unbekümmertes, hoffnungsvolles Überlebenslächeln.

Sie lächelte zurück. Ein kurzes, recht gönnerhaftes Lächeln. »Ich sprach vom Wein«, sagte sie.

27

Im ganzen war der Abend ein Erfolg. Das glaubte ich, während ich im Lastenaufzug mit der einen nackten Glühbirne zu meinem Loft emporfuhr. Man kann aus einem Lastenaufzug nur wenig machen. Man kann dort beim besten Willen keinen Lampenschirm von Tiffany aufhängen. Das wäre geschmacklos.

Der Hank-Williams-Killer war ganz weit weg, dachte ich. Man muß etwas denken, wenn man in einem Lastenaufzug fährt, oder man ist nichts weiter als eine Last.

Im Loft angekommen, streichelte ich die Katze und befragte den Anrufbeantworter nach irgendwelchen Nachrichten. Niemand hatte mich lieb.

Ich legte meinen Sarong an, schaltete das Licht aus und begab mich zu Bett, dabei konzentrierte ich mich darauf, nicht von Miniatur-Babys zu träumen.

Das Telefon neben meinem Bett klingelte. Ich haute auf den Lichtschalter und schaute auf die Uhr. Es ging auf drei Uhr morgens zu. Ich gehöre zu den Kerlen, denen es nichts ausmacht, mitten in der Nacht geweckt zu werden. Hätte vermutlich Feuerwehrmann oder Landarzt werden sollen. Ich hatte keine Frau. Hatte keine Kinder. Hatte keine Arbeit, zu der ich früh morgens gehen mußte. Ging nicht zur Kirche. Hatte auch verdammt nichts dagegen, mitten in der Nacht angerufen zu werden.

Zumindest so lang, bis ich das Telefon aufnehmen und feststellen würde, daß ich selbst am andern Ende der Leitung war. Ich nahm das Telefon auf. Ich war nicht dran.

Es war Gunner.

»Jemand ist in mein Apartment eingebrochen«, sagte sie.

Mit ihrer Rotkäppchen-Stimme, kombiniert mit ihrem britischen Akzent, klang sie wie einer der drei kleinen Bären, die sagten »Jemand hat in meinem Bettchen geschlafen«. Unglücklicherweise war ich nicht der Übeltäter.

»Bist du okay?« fragte ich. »Hast du die Bullen angerufen?«

»Ja«, sagte sie erschöpft. »Die kamen und gingen. Ich bin ganz fertig, sag ich dir.«

»Fehlt was?« fragte ich.

»Was glaubst du, fehlt wohl?« schrie sie fast.

»Keine Ahnung«, sagte ich. »Irgendwas fehlt in jedem Leben.«

»Nun, in meinem fehlt ganz sicher was«, sagte sie. »Und ich hab Angst.« Sie klang nah am Wasser.

»Erzähl mal«, sagte ich mit sanfterer Stimme.

»Es fehlen . . . alle Abzüge, Kontakte und Negative von allem, was ich je im Lone Star Café geknipst habe.«

28

»Wo ist denn dein Kumpel Gunner?« fragte Cleve mit einem einigermaßen teuflischen Blick. Das Lone Star brummte vor Aktivität. Leute und Bücher und Bierflaschen waren überall, wohin man blickte, und an manchen Stellen, wohin man nicht blickte. Hank-Williams-Musik schmetterte aus den Lautsprechern, und Lone Star Five-Alarm-Chili kam so schnell aus der Küche, wie Fong, der chinesische Koch, ihn in die Schalen schwappen konnte. Ein wahrlich literarisches Ereignis.

»Wer ist Gunner?« fragte Downtown Judy gereizt, sobald Cleve sich verzogen hatte. Ich war nicht sicher, ob ich das selbst wußte. »Ach, Gunner hat als Fotograf mit mir ein bißchen zusammengearbeitet«, sagte ich. Das war traurig, aber wahr. »Niemals über dir, niemals unter dir, stets dir zur Seite« war etwa der Stand der Entwicklung.

»Ist Gunner ein Mann oder eine Frau?« fragte Downtown Judy. Sie zählte nicht zu denen, die vorsichtig auf den Busch klopfen, speziell, wenn sie glaubte, daß die Situation ihren Busch betraf.

»Wer ist ein Mann oder eine Frau?« fragte Ratso, der mit einer Flasche Lone Star Bier, einer Schale Chili und einem Buch angetrippelt kam.

»Gunner«, sagte Downtown Judy.

»Das ist eine Braut, die Kinky zur Zeit kultiviert. Das ist eine ganz schnuckelige Braut«, lachte Ratso. Downtown Judy blickte mich an.

»So schnuckelig ist sie nun auch wieder nicht«, sagte ich. Ich versuchte, Ratso einen abfälligen Blick zuzuwerfen, aber der war mit seinem Chili beschäftigt.

»Hab ich sie jemals kennengelernt?« fragte Judy.

»Nein«, sagte ich. »Ich hab sie ja selbst kaum kennengelernt.«

Ratso blickte von seinem Chili auf und blinzelte mir verschwörerisch zu. Er mußte so stark lachen, daß er nicht essen konnte. »Chili's echt gut«, sagte er.

Downtown Judy wandte sich von ihm ab und starrte mir in die Augen. Sie sah aus wie ein niedliches, kleines Hündchen, das plötzlich zum Hund der Baskervilles aufwachsen könnte. Und wenn sie das täte, würde sie wohl kaum den Unterschied zwischen »Platz!« und »Faß!« kennen.

»Ich dachte, du magst das Chili hier gar nicht, Ratso«, sagte ich.

»Es ist das einzige, was heute auf der Karte steht«, sagte er. »Lone Star Bier und Chili. Voll im Trend.«

»Es ist in, okay«, sagte ich. »Ich muß Bill Dick finden. Bin gleich zurück.«

Ich navigierte durch die Menge auf der Treppe und erkämpfte mir einen Weg zur Bar im ersten Stock. Ich sah niemand, den ich kannte, außer dem Barmann. Die meisten Leute, die ich kannte, schliefen wohl immer noch die Samstag-Nacht aus.

Ich deutete auf einen Kerl neben mir, der eine Flasche Bier hielt. Der Barmann gab mir ein Bier.

Ich überblickte die enggepackten, kleinen Menschengruppen, die sich im ganzen Laden drängelten, und ging durch die Tür zur Hintertreppe. Es war kälter und ruhiger, und es gab dort keine literarischen Löwen. Ich setzte mich auf die Treppe und nippte am Bier. Ich sammelte meine Gedanken.

Ich hatte keine Schwiegermutter. Das war einer der Vorteile, nicht verheiratet zu sein. Und trotzdem saß mir schon den ganzen Morgen etwas im Nacken. Unnachgiebig. Wäre es nur eine Schwiegermutter gewesen, wäre das Problem nicht so groß. Dann hätte ich einfach Joe, die Hyäne, anrufen müssen, um ihr die Beine brechen zu lassen. Sie im Kofferraum eines billigen Mietwagens draußen beim JFK-Flughafen abstellen lassen.

Aber was mir im Nacken saß, war nicht die Schwiegermutter, die ich nicht hatte. Und es war sehr ernst und sehr wirklich. Es hatte mit Gunner zu tun.

Sieben Tage waren vergangen, seit Bubba Borgelt geschmort worden war. Der Killer schlug offenbar erbarmungslos zu und begab sich dann für eine Weile in Winterschlaf, ohne Spuren zu hinterlassen. Außer jenen, die wir nach seinem Willen verfolgen sollten. Warum?

»Hey, Mann«, sagte eine vertraute Stimme unter einem Cowboy-Hut. »Wie läuft die Mord-Untersuchung?« Es war Lee, der andere Manager des Ladens neben Cleve. Er sah aus wie ein schwarzer Tom Mix. Seine Frau, Leni, leitete den Toiletten-Trakt. Sie war ein Schnuckelchen.

»Die läuft ungefähr so gut wie deine Chance, zur Ober-Kapuze des Ku-Klux-Klan gewählt zu werden«, sagte ich. Ich leerte das Bier. Ich stellte die Flasche auf die Treppe.

»Laß die hier nicht stehen«, sagte Lee. »Sonst kommt irgendein Idiot vorbei, stolpert drüber und bricht sich das Genick.«

»Yeah«, sagte ich, »das könnte nach den beiden Morden das Geschäft ziemlich vermiesen.« Lee lächelte.

»Spinnst du, Mann?« fragte er. »Hast du überhaupt eine Vorstellung, wie es gestern abend geklingelt hat?« Ich wußte nicht mal, wie es an andern Abenden klingelte.

»Was hat geklingelt?« fragte ich.

»Die Registrierkasse klingelt«, sagte Lee ungeduldig. »Das Geschäft an der Bar. Gestern abend hatten wir das beste Geschäft in der gesamten Geschichte des Clubs. Warum, glaubst du, kaufen alle das Buch von diesem Typen? Alle wollen den Tatort selbst besichtigen. Alle warten darauf, daß der Hank-Williams-Killer wieder zuschlägt.«

Es war schon ein bißchen überraschend, was die Leute alles machten. Aber nur ein bißchen.

»So sieht's aus«, sagte Lee und stieg die Treppe hinauf.

Ich meinte, es sei an der Zeit, nach Bill Dick zu schauen. Der war entweder in seinem Büro oder auf seinem Boot, und da ich mein Periskop zu Hause gelassen hatte, meinte ich, es erst mal mit seinem Büro zu versuchen.

Ich sah Ratso und Downtown Judy auf der anderen Seite der Galerie, winkte und stieg schnell die Treppe zum Parterre hinunter. Am Fuße der Treppe hatte sich eine große, höfliche Horde um die strahlende Gestalt Chet Flippos versammelt. Er redete, signierte Bücher und präsentierte eine fast gelungene Imitation von Freundlichkeit. Flippo sah mich nicht. Er blickte durch die ganze Szene hindurch. Es war irgendwas in seinen Augen, das ich bisher noch nicht gesehen hatte. Es gefiel mir noch weniger als das, was ich beim letzten Mal gesehen hatte.

Hanks einsame Stimme heulte aus den Lautsprechern, doch seine Worte verhallten ungehört im Lärm der hochintelligenten, glitzernden Versammlung. Der Song lautete:

Tonight down here in the valley
I'm lonesome and oh how I feel
As I sit here alone in my cabin
I can see your mansion on the hill.

Während ich mich die Treppe hinunterdrängte, die zu Bill Dicks Büro führte, hörte ich ein paar Satzfetzen aus der Menge, die Flippo umdrängte.

»Wunderbare Ökonomie der Worte«, sagte jemand.

»Die Figuren springen direkt von den Seiten«, sagte jemand anderes.

29

»Was für eine Stadt!« sagte Bill Dick, während er uns beiden das Etwas aus der Karaffe auf seinem Tisch in Gläser schüttete. »Was für eine Stadt!«

Ich nickte und nahm einen Schluck. »Nicht schlecht«, sagte ich.

»Da hast du aber verdammt recht, sie ist nicht schlecht. Mir ist egal, was man über sie sagt. New York hat sich um das Lone Star geschart.«

»Ich sprach von dem Drink«, sagte ich. »Der Drink ist nicht schlecht. Die Stadt ist beschissen.« Ich nahm noch einen Schluck.

»Glaub, was du willst«, sagte Bill Dick, »aber die Leute von New York stehen auf seiten des Lone Star.« Ich dachte an die Frau, der etwa siebenundachtzig Stiche versetzt wurden und die etwa eine Stunde lang um Hilfe schrie, ehe sie starb. Über hundert Leute hatten sie gehört. Niemand hatte die Bullen gerufen. Niemand hatte ihr geholfen. Kitty Irgendwie hieß sie, glaub ich, obwohl das inzwischen verdammt egal war. Die gleiche Sorte Leichenfledderer, die sie haben sterben lassen, drängelten sich jetzt im Lone Star Café.

Bill goß mir noch einen Drink ein. Ich sagte gar nichts. Bill schaute mich an. »Ja oder nein, Kinkster?« fragte er.

Mein Gehirn suchte immer noch nach Kittys Nachnamen, zog aber nur eine Niete. »Ja, Bill«, sagte ich.

»Das Leben geht weiter, Kinkster. Es gibt immer ein Geschäft, um das man sich kümmern muß. Es gibt immer einen Haufen Probleme, die gelöst werden müssen.«

»Kann ich mir vorstellen«, sagte ich. »Wenn es dir nichts ausmacht, wüßte ich gern, worin die Probleme bestehen. Außer den beiden ganz offensichtlichen. Zwei Leichen, die mal Stars waren.«

»Sie sind immer noch Stars, Kinkster«, sagte Bill Dick.

»Das erzähl mal Gabby Hayes«, sagte ich. Bill rutschte ungemütlich auf seinem Stuhl hin und her.

»Das Publikum herzukriegen ist jetzt kein Problem«, sagte er. »Das Problem ist, jemand zu finden, der im verdammten Club auftritt.«

»Kann ich gar nicht verstehen«, sagte ich.

Er lächelte ein kleines, kurzes Lächeln. Wenn er es nur ein bißchen länger gehalten hätte, hätte man es ein Zucken nennen können. »Deshalb spielen vorübergehend die Haus-Bands. Cleve tritt mit der einen auf. Er hatte nämlich mal eine eigene Band. Mike Simmons ist für ein paar Abende gebucht. Wir kommen so im Augenblick über die Runden, aber ich weiß nicht, wie lang wir es hinziehen können, bis wieder ein bekannter Name auftritt. Ziemlich bald schon, würde ich sagen. Dieses Publikum kann ziemlich unbeständig sein.«

»Und das ist noch ein netter Ausdruck dafür«, sagte ich. »Was hast du sonst für Probleme?« Ich hatte das Problem zu glauben, daß irgendwer hier überhaupt noch auftreten würde. Aber natürlich, wenn man einen Gig braucht, braucht man einen Gig.

»Mit den andern Problemen kommen wir klar«, sagte er. »Diebstahl. Ein Karton Jack Daniel's verschwindet. Irgendwer nimmt ein Foto aus dem Büro des Managers mit. Die Barmänner beklauen dich vorn und hinten. Der alltägliche Scheiß, der dich verrückt macht.«

Ich stand auf, um zu gehen. Ich hatte meine eigenen Probleme. »Ich muß nach oben«, sagte ich. »Aber ehe ich gehe, hätte ich gern etwas von dir erklärt bekommen. Ich brauche keine Details. Bring's auf den Punkt. Kann irgendwer die elektrische Anlage manipuliert haben, um Bubba Borgelt zu braten?«

Wenn ich eine knappe Antwort erwartet hätte, wäre ich

sehr enttäuscht worden. Ich war froh, daß ich keinen Zug erreichen mußte.

»Ich kenn mich mit der elektrischen Anlage einigermaßen aus«, sagte er. »Also, der Gitarren-Verstärker war nicht geerdet. Da bestand eine Spannung von hundertzwanzig Volt.« An diesem Punkt begann Dick, kleine Diagramme auf seinem Schreibtisch zu zeichnen. Ich stellte keine Fragen. Ich hatte keine Ahnung, wovon er eigentlich redete.

»Hey«, sagte ich. »Ich bin nicht der Wichita Lineman auf 'nem Hochspannungsmast. Mach's für einen Laien nicht so spannend.«

»Jeder wäre dazu in der Lage gewesen«, sagte er. »Borgelts Körper schloß den Stromkreis. Mit seinen durchgeschwitzten, salzgetränkten Klamotten war er gegen Ende seines zweiten Auftritts der perfekte menschliche Leiter.« Es blitzte etwas von Eifer in Dicks Augen auf. Sie erschienen schwach elektrisch und fast glücklich. Ich dankte ihm für die Hilfe und ging nach oben.

Es hatte sich einen Hauch geleert. Man konnte jetzt den Raum durchmessen, ohne daß man zur Seite treten mußte. Ich stieß zu Ratso an der unteren Bar. Simmons klebte an ihm wie eine Geschwulst, die ihm aus dem linken Ellbogen quoll. Wir wollten einen trinken.

»Doppelte für alle, Barmann«, sagte Simmons. »Rocks.«

»Wie hieß noch die Frau«, fragte ich, »die erstochen worden ist und die ewig schrie und die von hundert Leuten gehört wurde, die nichts unternahmen?«

»O yeah«, sagte Ratso, »ich erinner mich – Kitty . . ., ah, Kitty – «

»Kitty wie?« fragte ich ungeduldig. Der Barmann brachte die Drinks.

»Kitty . . .«, sagte Simmons. »Kitty . . . ich weiß es . . . es liegt mir auf der Zunge.«

Downtown Judy trat von hinten zu uns. Sie hatte eine

Zigarette aus ihrem Täschchen genommen und wartete, daß ihr jemand Feuer gab.

»Kitty Genovese!« rief ich.

»Du bist gut bei Namen«, sagte Ratso.

»Wer ist Kitty Genovese?« fragte Downtown Judy.

Wir gravitierten, wenn das der richtige Ausdruck ist, zur oberen Bar. Es war fast fünf Uhr, aber es schien, als hätten wir mehrere Inkarnationen im Lone Star verlebt. Einsteins Theorie trifft zu. Zeit ist relativ, und Zeit, die man bei literarischen Ereignissen verbringt, ist relativ langweilig.

Wir hatten Simmons verloren, dafür aber Cleve und Flippo aufgepickt. Ich nahm mir vor, auf Jack Webb zu machen und Cleve ein paar Routinefragen zu stellen. Ich war nicht in der Verfassung für harte Fragen. Die harten überließ ich Downtown Judy.

»Also, Cleve«, sagte ich, »wie ist es um die Sicherheitsmaßnahmen hier unten im Büro des Managers bestellt? Was ist mit dem Bild, das verschwunden ist?«

»Offensichtlich hast du mit Bill gesprochen«, sagte Cleve. »Mein Gott, ich wünschte nur, er würde mich mit all dem Scheiß in Ruhe lassen. Natürlich gibt es hier unten keine Sicherheitsmaßnahmen. Was zum Teufel erwartet er?«

»Was ist mit dem Bild?« fragte ich.

»Yeah, das ist ganz komisch«, sagte er. »Das verdammte Ding tauchte eines Morgens aus dem Nirgends auf, keiner weiß, wo es herkam – und dann, gerade als Bill mich gebeten hatte, es rahmen zu lassen, verschwindet es wieder.« Vielleicht bildete ich mir ja was ein, aber es schien mir, als ob Flippo, der etwas entfernt von uns an der Bar gesessen hatte, sich zunehmend für unsere Konversation interessierte.

»Nun«, sagte ich, »was ist daran so wichtig? War es ein wertvolles Scheiß-Gemälde?« Ich dachte an Gauguins letzten Brief, in dem er feststellte, »Ich bin von der Armut besiegt«. Der Brief gehörte jetzt David Rockefeller. Warum nicht? Flippo hörte jetzt zweifellos zu.

»Nein«, sagte Cleve. »Es war kein Fall von Vincent Van Gockel.« Er lachte ein wenig. Ich nicht. »Es war kein verdammtes Ölgemälde oder so was. Es war nur ein altes Foto. Aber es war signiert. Das Bild war signiert, deshalb war es vermutlich wertvoll. Keine Ahnung.«

»Wer war auf dem Foto?« fragte ich. Flippo schaute weg. Ein bißchen zu uninteressiert, auf einmal.

»Mein Gott«, sagte Cleve. »Hat Dick's dir nicht gesagt?«

»Offensichtlich nicht, denn sonst würde ich wohl nicht fragen«, sagte ich.

»Es war ein Bild von Hank Williams«, sagte Cleve.

30

Montag morgen bearbeitete ich meine erste Tasse Espresso und betrachtete eine kleine Leichentabelle, die ich in einem Big-Chief-Block angelegt hatte. Es waren jetzt zweieinhalb Wochen vergangen, seit Larry Barkin zu Jesus eingegangen war. Es war exakt eine Woche seit Bubba Borgelts außerordentlich unschönem Abgesang. Während dieser Zeit war es Bill Dick gelungen, lediglich drei prominentere Acts für einen Auftritt im Club zu gewinnen: Jerry Jeff Walker, Asleep at the Wheel und die Burrito Brothers. Bei diesen drei Auftritten war nichts Ungewöhnliches geschehen. Das gab mir doch sehr zu denken. Warum hatte Hank sich Barkin und Borgelt ausgesucht und Walker, Asleep at the Wheel und die Burritos ungeschoren gelassen?

Laut Berichten von Cleve und Ratso strömte die Menge der Neugierigen immer noch wie morbide Motten zum

Leichentüchlein, das über dem Laden schwebte. Und die Kassenklingel klingelte dazu.

Tatsächlich sah für Bill Dick Mord, so unschön und unamerikanisch der auch sein mochte, langsam wie eine finanzielle Wohltat aus.

Gedankenschwer machte ich mich an meine zweite Tasse Expresso. Ich zündete die erste Zigarre des Morgens an und lehnte mich im Schreibtischstuhl zurück. Eine Reihe Muster begann sich vor meinem inneren Auge herauszubilden. Ich war kein Raketenwissenschaftler, aber es gab Augenblicke, in denen es mir gelang, zwei und zwei zusammenzufügen und ein halbwegs sinnvolles Ergebnis zu erzielen.

Ich dachte an das Hank-Williams-Bild, das laut Cleve aus dem Lone Star verschwunden war. Dann erinnerte ich mich an ein Bruchstück einer Unterhaltung, in der mir jemand gesagt hatte: »Laß mich ein Foto aufnehmen.« Mein Gedankengang verlief folgendermaßen: *Ganeff* ist das jiddische Wort für »Dieb«. *Ganeff* ist Jiddisch. Gunner ist britisch. Folglich ist Gunner ein *Ganeff*.

Ich rief Gunner an.

Es war kein ausgesprochen angenehmes Telefongespräch, aber es bestätigte, was ich vermutete. Gunner hatte das Foto im Lone Star genommen. Sie war, um Jesse Winchester zu zitieren, »von einem Foto eingenommen«, das sie auf einem Tisch im Büro des Managers gesehen hatte. Es war das Foto eines »großen, schlanken Mannes mit einem weißen Cowboyhut, der mit zwei kleinen Jungen neben einem Schild stand, das HOWIE'S #1 BBQ lautete. Ein kontrastreicher Abzug«, sagte sie. »Eine feingekörnte Struktur. Ein weiter Himmel. Ein Hauch der fünfziger Jahre.«

Wenn man das Argot einer modischen Modefotografin übersetzte, so hieß das, daß ihr das Foto gefiel.

»Und wo ist das Foto jetzt?« fragte ich.

»Das ist es ja«, sagte sie. »Ich hab überall gesucht. Es ist wohl mit all dem andern mitgenommen worden, als in meiner Wohnung eingebrochen wurde. Ich hatte nicht mal Gelegenheit, es aus dem Umschlag zu nehmen, in den ich es gesteckt hatte.«

»Wahnsinn«, sagte ich. »Fällt dir irgendwas zu dem Foto ein? Das ist jetzt ganz wichtig, Gunner.« Es war sogar wichtiger, als ich zu dem Zeitpunkt wußte.

»Dies – dies hat doch nichts mit dem zu tun, was im Lone Star passiert ist, oder?« fragte sie mit einem sich verstärkenden Anflug von Angst.

»Nein, natürlich nicht«, sagte ich. Es hatte keinen Sinn, sie noch mehr aufzuregen. Es war schlimm genug, als *Ganeff* erkannt zu sein. »Erzähl mir von dem Foto«, sagte ich.

»Ich hab dir schon alles über das Foto erzählt«, sagte sie. »HOWIE'S #1 BBQ. Der Mann mit dem weißen Hut, die kleinen Jungen in Cowboy-Anzügen. Hab ich das schon erwähnt? Sie hatten niedliche, kleine, identische Cowboy-Anzüge an.«

»Nein«, sagte ich.

»Standen links und rechts von ihm am Straßenrand. Und da war etwas geschrieben, vielleicht eine Unterschrift und ein Datum, irgendwo unten.«

»Erinnerst du dich an die Unterschrift? Das Datum?«

»Ich erinnere mich nicht an die Unterschrift«, sagte sie, »aber das Datum war der 31. Dezember 1952. Das ist der Geburtstag meiner Mum, deshalb erinnere ich mich dran. Ich hab das verdammte Ding nur ein paar Sekunden gesehen, als es auf dem Tisch lag.« Erstaunlich, an was sich die Leute in ihrem Leben erinnern. Selbst ich erinnerte mich an manche Dinge. Daran, wie Gunner aussah, als sie mir im Derby gegenübersaß.

»Weiter Himmel, kontrastreicher Abzug, Hauch der Fünfziger – sonst noch was?« fragte ich.

»Du machst dich jetzt über mich lustig«, lachte sie nervös.

»Weißt du, von wem das Foto war?« fragte ich.

»Nein«, sagte sie, »aber er hatte die traurigsten Augen, die ich jemals gesehen hab. Ich kann seine Augen immer noch sehen. Wer war es?«

»Hank Williams«, sagte ich.

»Oh, mein Gott«, sagte sie. Ich konnte den Schreck in ihrer Stimme hören. Sie wußte nicht, wie Hank aussah, aber sie hatte sicherlich die Zeitungen gelesen. Sie hatte vom Hank-Williams-Killer gehört. Sie war in der Nähe zweier seiner »Auftritte« gewesen. »Schit«, sagte sie mit einer kleinen, furchtsamen Stimme, »du machst wohl einen Witz.«

»Ich wünschte, es wäre so«, sagte ich.

Montag abend sah ich *Monday Night Football* wie jeder andere gute Amerikaner. Ich hatte einen Schwarzweiß-Fernseher, den mir ein alter Drogen-Dealer gegeben hatte. Man brauchte einen Schraubenzieher, um die Lautstärke zu regulieren, und man brauchte eine Zange, um den Kanal zu wechseln. Der Apparat hätte wahrscheinlich besser gewirkt, wenn man ihn zerkleinert und durch die Nase genossen hätte.

Irgendwann im dritten Viertel klingelte das Telefon. Es war Ratso.

»Halt die Leitung warm«, sagte ich. Ich legte den Hörer ab, holte den Schraubenzieher, drehte den Apparat ab, fand eine halbgerauchte Zigarre im Papierkorb, zündete sie an und nahm den Hörer wieder auf.

»Leg los«, sagte ich.

»Murray Fishkin«, sagte Ratso. »Hieß der so?«

»So *heißt* er«, sagte ich.

»*Hieß* er«, sagte Ratso. »Er hat sich gestern verabschiedet. Steht hier in der Zeitung.«

Ich paffte an meiner Zigarre. Also hatte sich der kahlköpfige Anwalt selbst umgebracht. Ich hatte den Mann niemals selbst getroffen, also bereitete mir sein letzter Prozeß auch keinen größeren Kummer.

»Was bedeutet das jetzt?« fragte Ratso.

»Das heißt, daß er jetzt noch seltener in seinem Büro ist«, sagte ich. »Das heißt, er ist kein Hauptverdächtiger mehr, es sei denn, die Morde hören plötzlich auf. Aber das glaub ich nicht.«

»Jesus«, sagte Ratso.

»Das heißt außerdem«, sagte ich, »daß der Killer ziemlich sicher ein enger persönlicher Freund von mir ist.«

»Du scherzt wohl«, sagte Ratso.

»Anwesende natürlich ausgenommen«, sagte ich.

31

Es war Donnerstag abend. Noch sechs Einkaufstage bis Weihnachten, und ich wußte immer noch nicht, was ich mir vom Leben wünschen sollte. Ich hatte auch für niemand sonst einen Wunschzettel aufgestellt. Man gibt, was man kriegt.

Ich war in fast täglichem Kontakt mit Ratso und Cleve wegen des Falls und irgendwelcher möglichen Entwicklungen im Lone Star. Es waren keine neuen Songs angekommen. Auch nicht viele Sänger.

Die Festtage sind für die meisten Berufsgruppen eine ruhige Zeit. Das gilt genauso für ehemalige Country-Sänger, die Amateur-Detektive geworden sind. Deshalb nahm ich, nachdem ich meine Socken-Schublade sortiert hatte, Flippos Buch über Hank Williams zur Hand. Ich hatte seit einiger Zeit schon lustlos drin rumgeblättert. Unglücklicherweise war ich nie viel weiter als bis zu Flippos Autogramm gekommen.

Ich lese nur ungern Biographien. Das reale Leben ist schon langweilig genug. Ich wollte nichts über tote Country-Sänger lesen. Das Rodeo hatte ich selbst erlebt.

Ich zog mich mehrere Tage in mein Loft zurück. Ich überlebte, indem ich Bill Dicks gefrorene Five-Alarm-Chilis aufwärmte, Espresso trank und Zigarren rauchte. Die Hollywood-Diät.

Überall, wohin ich blickte, sah ich Hanks traurige Augen.

Ich las.

Außerdem organisierte ich eine umfängliche, weitreichende Telefon-Aktion wie ein Mafia-Don im Gefängnis. Wenn ich nicht an der Strippe hing, las ich Flippos Buch. Wenn ich nicht in Flippos Buch las, hing ich an der Strippe. Ich begann das Vorleben einiger meiner »Freunde« sacht zu überprüfen.

Der einzige andere Medien-Input, dem ich mich aussetzte, waren die Wiederholungen von *Quincy*. Ich begann Quincy als engen, persönlichen Freund anzusehen. Das war, interpersonell gesprochen, keine wirklich gesunde Situation.

Das Buch blieb bei mir wie ein Flaschengeist oder ein Albatros. Ich las weiter.

Hank Williams' Pferd hieß Hi-life. Hanks erste Frau hieß Audrey. Seine zweite Frau, Billie Jean, heiratete nach Hanks Tod den Country-Sänger Johnny Horton. Auch Horton starb tragisch in jungen Jahren.

Es war fast zwei Uhr morgens, als ich erfuhr, daß der Name, den Hank Williams benutzt hatte, wenn er sich in Hotels anmeldete, Herman P. Willis lautete.

Das war eine ziemlich obskure Information. Selbst ein gutinformierter Veteran wie ich hatte das nicht gewußt.

Ich las wie ein Dämon in der Nacht. Hanks kurzes und unruhiges Leben durchblitzte mein Bewußtsein wie der Meteor, der es war. Prozesse, Scheidung, Rhinestones, Schußwaffen, Drogen, Alkohol, Schmerzen, Einsamkeit, frühzeitiger Tod.

Schöner Zeitvertreib.

Laut Flippos Buch wurde Hank während einer Tournee einmal verhaftet, weil er auf ein Foto des Schlachtschiffs *Missouri* geschossen hatte, das in einem Restaurant an der Wand hing. Er sagte dem verhaftenden Polizisten: »Es hat zuerst gezogen.«

Dann gab es den Abend des 11. Juni 1949, an dem Hank Williams zum erstenmal die Grand Ol' Opry elektrisiert hatte und mehr Zugaben spielen mußte als jeder andere Künstler vor oder nach ihm. Dann gab es die Zeit, als er einen seiner Songs für zwei Flaschen Southern Comfort an Little Jimmy Dickens verkaufte und als er den Text zu »Cold, Cold Heart« Paul Gilley abkaufte.

Dann gab es den lebenslangen Kampf zwischen Hanks Mutter, Lilly, und Hanks Frau, Audrey, um sein Geld und seine Seele, in etwa dieser Reihenfolge. Es war ein lebenslanger Kampf, der auch mit Hanks Tod nicht endete. Nur wenig endete mit Hanks Tod, außer, natürlich, Ol' Hank. Er und Hermann P. Willis wurden in Montgomery im selben Grab begraben. Hanks Musik und Ruhm lebten weiter und wuchsen, doch Herman P. Willis wurde vergessen. Oder fast vergessen.

Dann gab es die berühmte Show an einem kalten Wintertag im Januar 1953 in Canton, Ohio. Die Show, in der Hank niemals auftrat. Hanks von einem Chauffeur gefahrener Cadillac war wie ein Toten-Zug durch vier Südstaaten gerollt, durch zahllose Städte, durch die morphium-verhangene, verzweifelte, endlose Nacht, zu der sein Leben geworden war. Von Montgomery nach Chattanooga, wo

Hank bei einem Diner angehalten und dem Kellner fünfzig Dollar Trinkgeld gegeben hatte, nach Knoxville, wo ihm ein mysteriöser Arzt zahlreiche mysteriöse Spritzen gegeben hatte. In Rutledge, Tennessee, stoppte ein Polizist den Cadillac wegen überhöhter Geschwindigkeit. Der Bulle schaute auf die Gestalt, die hinten zusammengesunken saß, und sagte: »Hey, der Kerl sieht aber tot aus.« Der Chauffeur erklärte, Hank hätte lediglich Beruhigungsmittel genommen.

Der Cadillac rollte durch Bristol, Cedarville, Chilhowie, Marion, Wytheville, Bluefield, wo Hank noch einmal anhielt, um einen Arzt aufzusuchen, und Princeton, West Virginia, wo er an einer Bar stoppte, Beckley, Willis Branch und Oak Hill, wo Charles Carr, der Chauffeur, endlich auf dem Hintersitz nachschaute und feststellte, daß Hank so kalt war wie ein einsamer Highway in kalter Winternacht.

»Streifen-Polizist Jamey fuhr den Cadillac zum Oak-Hill-Hospital«, schreibt Flippo in seinem Buch, »wo Hank Williams bei der Einlieferung tot war. Es war ein weiterer Mann im Wagen mit Hank und Charles Carr gewesen. Er sagte Jamey, sein Name sei Donald Surface und er sei der Ersatzfahrer, den Carr in Bluefield, West Virginia, abgeholt hätte. Dann verschwand Donald Surface.«

Nach dem größten Begräbnis, das die Südstaaten jemals erlebt hatten, stellten Hanks beide treusorgenden Frauen Country-Bands zusammen und gingen auf Tournee, beide unter dem Namen »Mrs. Hank Williams«. Ein ergreifender Tribut.

Als ich das Buch beendete, war es fast Morgen.

Ich rieb meine Augen und dachte über die Seiten nach, die ich gelesen hatte. Es war seit Jahren das erste Buch, das ich durchgelesen hatte und das keine Mordgeschichte war. Ich lächelte über den paradoxen Umstand, daß die Lektüre mir sehr wahrscheinlich half, einen wahren Mordfall zu lösen.

Ich konnte sehen, wie die Sonne die Lagerhäuser im Osten gerade ankratzte wie die Laterne am Scheitelpunkt einer Tordurchfahrt. Der Morgen war nicht das einzige, was mir dämmerte. Aber er war verdammt das Attraktivere.

Wie sich herausstellte, hatte ich die Lektüre von Flippos Buch gerade rechtzeitig beendet, um mein Leben zu retten.

32

Tompall and the Glaser Brothers spielten an diesem Sonntagabend im Lone Star Café. Tompall war für mich eine Art Country-Musik-Pate gewesen, als ich in Nashville war, und Chuck Glaser hatte 1973 meine erste LP, *Sold American,* produziert. Die andern beiden Brüder, Jim und Ned, hatte ich nur ein paarmal getroffen. Tompall and the Glaser Brothers galten vielen, darunter moi, als beste Gesangsgruppe, die jemals in Nashville gearbeitet hat.

Ich ging mit Rambam zu der Show. Ich sah mir die Show an, während Rambam den Club nach einem Versteck für die Nacht absuchte, wenn er geschlossen würde. Hank hatte den Glaser Brothers keinen Song geschickt. In der Tat hatte er seit Wochen nichts von sich hören lassen. Er war überfällig.

Aus diesem Grund war ich um zwei Uhr morgens, als ich den Glasers in ihrer Garderobe endgültig gute Nacht sagte, erfreut zu beobachten, wie Rambam heimlich in den Bauch des Leguans krabbelte.

Im Taxi nach Hause dachte ich über die Dinge nach. Ich hatte fast alle, die mit dem Fall in Verbindung standen, im Laufe dieses Abends gesehen. Ich ging sie im Kopf der Reihe nach durch. Ratso, Cleve, Bill Dick, Chet Flippo,

Mike Simmons. Außerdem waren da Cooperman, Fox, McGovern, Mike Brennan und viele andere Journalisten und Fotografen, die ich vom Sehen kannte. Wenn die auf eine Story gehofft hatten, so hatten sie keine bekommen.

Die einzige Person, die ich erwartet und nicht zu Gesicht bekommen hatte, war Gunner.

Die Atmosphäre im Club war den ganzen Abend ziemlich gespannt. Es setzte eine fast spürbare Erleichterung ein, als die Show endete und alles in Ordnung war. Ich fühlte mich ebenfalls sehr erleichtert.

Als ich ins Loft zurückkam, goß ich mir ein paar Drinks in das Stierhorn und kippte sie runter. Ich hatte meine Stiefel ausgezogen, saß am Schreibtisch und unterhielt mich mit der Katze, als die Telefone klingelten. Ich nahm den Hörer zur Linken auf.

»Dr. Kinky am Abort«, sagte ich. Ich hatte irgendwie eine der Judys am Apparat erwartet.

Es war keine der Judys. Es war Sergeant Cooperman, und er fand es nicht witzig.

Und irgendwas war nicht in Ordnung.

»Um welches Problem könnte es sich handeln, Officer?« fragte ich.

»Heute nacht ist wieder mal ein Bauernlümmel allegemacht worden, Tex«, sagte Cooper auf eine träge, ungezwungene Art.

»Mein Gott«, sagte ich.

»Yeah«, sagte Cooperman, »das werden auch acht Millionen New Yorker morgen früh sagen, wenn sie aufwachen und die Zeitung lesen. Es ist ein Kerl namens Ned Glaser. Hat gestern abend im Lone Star gespielt. Er ist der Bruder von Tompall Glaser, der, glaub ich, einer deiner Freunde ist, deshalb dachte ich, es würde dich interessieren. Wir haben ihn vor ein paar Stunden draußen auf dem West Side Highway gefunden, wo der Ausbau endet, weil der

Stadt die Finanzen ausgegangen sind. Du weißt, nur noch ein paar Pfeiler und Träger und Kacke. Er endet im Nichts. Wie dieser Fall. Haben ihn hinter dem Steuer eines gestohlenen, beschissenen zweiundachtziger Buick Skylark gefunden, mit einem Schraubenzieher im Rücken. Kannst du folgen?«

»Leider«, sagte ich. Ich zündete eine Zigarre mit erstaunlich ruhiger Hand an. Ich war etwas überrascht. Nur ein wenig überrascht. »Habt ihr sonst was gefunden?« fragte ich.

»Yeah. Eine Flasche Wein und ein Kartenspiel. Beides ohne Fingerabdrücke. Keine Fingerabdrücke auf dem Schraubenzieher. Wenn dir was Tolles einfällt, ruf uns an.«

»Okay«, sagte ich.

»Adiós«, sagte Cooperman.

Zwei Stunden später kam der zweite Anruf. Ich war im Bett, aber noch nicht eingeschlafen. Ich zählte Schraubenzieher.

»Rambam hier«, sagte Rambam, »von den Village Irregulars. Ich bin in der Telefonzelle im Eingang von Sarge's Delicatessen und beobachte vierzig Nutten beim Dillgurkenessen.«

»Vielleicht ist das ein Berufsbildungskurs«, sagte ich.

Ich konnte eine Registrierkasse sehr nahe hören und eine Sirene im Hintergrund. Diese beiden Geräusche charakterisierten die geistige Hafenregion, soweit New York reichte. Und das war für jeden weit mehr als genug.

»Woher weißt du, daß es Nutten sind?« fragte ich.

»Weil sie wie Nutten aussehen«, sagte Rambam. »Wer sonst würde in Sarge's Delicatessen um fünf Uhr morgens Dillgurken essen?« Es gab eine Pause, und ich hörte, wie der Hörer ein paarmal gegen die Wand schlug, und hörte dann Rambams messerscharfe Stimme die New Yorker Nacht durchdringen.

»'tschuldigung, Miss, sind Sie ne Nutte?« fragte er. Ich hörte, wie ein Stuhl über den Boden kratzte und eine Frau irgendwas sagte, aber ich verpaßte ihre Antwort. Dann war Rambam zurück. »Ich erkenne eine Nutte auf den ersten Blick. Außerdem hab ich, was du haben wolltest«, sagte er. »Es lautet ›Tompall and the Glaser Brothers‹. Große Blockbuchstaben.«

Ich hatte ihn gebeten, das Lone Star nach dem Schließen zu durchsuchen und sich umzusehen. Ich war besonders daran interessiert, ob er einen großen Umschlag mit Blockbuchstaben finden würde, den jemand in den Büros im Keller versteckt hätte. Offensichtlich hatte er's.

»Hast du ihn schon geöffnet?« fragte ich.

»Nein«, sagte er, »ich dachte, das Erlebnis sollten wir uns teilen.«

»Hat der Umschlag einen Poststempel?« fragte ich.

»Ich seh keinen. Nein. Soll ich ihn rüberbringen?«

»Ich weiß schon was drin ist«, sagte ich.

»Wenn das stimmt, dann bist du ein Scheiß-Houdini«, sagte Rambam. »Ich hab ihn nicht mal geöffnet.«

»Es ist der Hank-Williams-Song ›Lost Highway‹«, sagte ich.

»Also gut«, sagte er, »wollen wir mal sehen. Und jetzt den Umschlag, bitte«. Es gab eine minimale Pause, dann kam er wieder an die Strippe. »Ein Scheiß-Houdini«, sagte er.

»Nichts Besonderes, wenn man erst mal die Fäden kennt«, sagte ich. Rambam begann den Inhalt des Kuverts zu lesen.

»Lost Highway, von Hank Williams«, intonierte er.

»Just a deck of cards and a jug of wine
and a woman's lies makes a life like mine.
Oh, the day we met I went astray
I started rollin' down that Lost Highway.«

»Hübsch vorgetragen«, sagte ich.

»Danke«, sagte Rambam. »Soll ich's für dich aufheben?«

»Yeah«, sagte ich. »Wir können es den Bullen nicht überreichen, wegen der Art, wie wir drangekommen sind. Ich benutzte das Wort ›wir‹ ganz allgemein. Aber es ist ein Beweisstück.«

»Beweisstück wofür?« fragte Rambam.

»Mit den Worten von Sergeant Cooperman, ›Heute nacht ist wieder mal ein Bauernlümmel allegemacht worden‹«, sagte ich. Ich paffte kalt auf dem herum, was von Zigarre Nummer sieben übrig war. Rambam sagte gar nichts.

»Etwas weniger Überschwang, bitte«, sagte ich. »Bevor wir dieses Gespräch beenden, Rambam, erzähl mir, wo genau du den Umschlag gefunden hast.«

»Kannst du das nicht erraten?« fragte Rambam.

»Das kriegt langsam einen ganz langen Bart«, sagte ich.

»Wart mal einen Moment«, sagte Rambam, »ich hol mir eine Gurke.« Ich hörte den Hörer wieder ein paarmal gegen die Wand schlagen. Dann kam Rambam wieder an die Strippe und präsentierte eine fast perfekte Imitation eines Kerls, der um fünf Uhr früh eine Gurke am Telefon ißt. Der Junge hatte Talent.

»Gibst du auf?« fragte er.

»Yeah«, sagte ich.

»Du willst wissen, wo ich ihn gefunden hab?«

»Yeah«, sagte ich überdrüssig.

»Unterste Schublade. Zur Rechten in –«

»Gottverdammich, Rambam«, sagte ich, »komm endlich in die Puschen.«

»– Bill Dicks Schreibtisch«, sagte er.

33

Montag nachmittag machte Bill Dick mir ein Angebot, das ich nicht verstand. Aus irgendeinem Grund wollte er, daß ich im Club auftreten sollte. Die Unterhaltung verlief, wie ich mich erinnere, etwa so:

»Wir möchten, daß du im Club auftrittst«, sagte Bill Dick. »Sag uns deinen Preis.«

»Mit Geld kann man vielleicht einen dicken Hund kaufen«, sagte ich mit einiger Würde, »aber nur mit Liebe erreicht man, daß er mit dem Schwanz wedelt.« Ich beobachtete, wie Zigarrenrauch sich zur Decke kräuselte. Warum, zum Teufel, wollten die mich haben? Ich war zu mittelalterlich zum Sterben.

»Wie wär es, wenn wir den verdammten Schwanz mit fünftausend Dollar zum Wackeln bringen?« fragte Bill Dick.

»Ich hab viel zu tun«, sagte ich. Tatsächlich hatte ich ja genug freie Zeit, um mit meinen Nasenhaaren zu klöppeln, aber es ist in New York keine gute Idee, wenn man den Leuten zu verstehen gibt, man hätte nichts zu tun.

»Zu tun«, schnaubte Bill Dick.

»Yeah«, sagte ich. »Ich arbeite an einem Tampon-Jingle.«

»Wir müssen den Eindruck überwinden«, fuhr er fort, »dieser Ort sei verhext oder verflucht. Du kannst dir gar nicht vorstellen, was für einen Scheiß-Sturm die Medien daraus gemacht haben. Boyd Matson war gestern abend hier unten, um einen Bericht für die *Tonight*-Show zu drehen. Und das war noch, bevor der Glaser-Boy auf der West Side ermordet wurde. In New York kann alles passieren. Ja oder nein, Kinkster?«

»Ja, Bill«, sagte ich.

»Hatte vermutlich nichts mit seinem Auftritt im Club zu tun, aber du weißt, was die Leute sich alles zusammendenken.«

»Yeah«, sagte ich, »die glauben, sie würden eine Verbindung erkennen.«

»Genau«, sagte Bill Dick. »Du bist perfekt der Mann, der New York City für Country-Musik retten kann.«

»Richtig, Bill«, sagte ich.

»Bubba Borgelts Tod lag an einer verrückten elektrischen Schaltung. Ich kenne die elektrische Anlage in- und auswendig, und wenn du mit einem Hochspannungs-System arbeitest und die Ausgänge . . .«

Ich nahm den Hörer vom Ohr und blies einen friedvollen Strom Zigarrenrauch in die ungefähre Richtung von F. Scott Fitzgeralds Brief an seine kleine Tochter im Feriencamp. Er hing gerahmt an der Wand des Lofts, solang ich mich erinnern konnte. In dem Brief rät F. Scott Fitzgerald, sich um die folgenden Dinge keine Sorgen zu machen: die öffentliche Meinung, Puppen, Vergangenheit, Zukunft, Erwachsenwerden, daß dich jemand überholt, Triumph, Versagen – außer aus eigener Schuld –, Moskitos, Mücken, Insekten im allgemeinen, Eltern, Jungen, Enttäuschungen, Freude und Befriedigung. Die Dinge, um die man sich sorgen muß, so schrieb er, wären Mut, Sauberkeit, Leistung und Reitkunst.

Kein schlechter Rat, wenn man in der Klemme sitzt.

Ich nahm den Hörer wieder ans Ohr und hörte, wie Bill Dick die Worte »Schaltungskomponente« sagte.

Ich sagte gar nichts.

»Was für Blumen hättest du gern?« fragte Bill Dick. »In deiner Garderobe«, lachte er.

»Sehr witzig«, sagte ich, »wenn auch etwas makaber. Wann soll der Auftritt sein?«

»Silvester-Abend«, sagte er. Dieses bestimmte Datum schien eine gewisse abstoßende Erinnerung zu wecken, aber das taten auch andere Dinge wie Musik, Filme und das Leben auf diesem Planeten.

Manchmal tun wir Dinge, die wir nicht verstehen. Wie sich verlieben. Wie U-Bahn-Fahren. Wie ein Sandwich im Carnegie Delicatessen essen, das größer ist als dein Kopf.

Schließlich war es für Gott und Country-Musik. Und so nahm ich einen recht fatalistischen Zug aus meiner Zigarre und nahm den Gig an.

»Ein Gig ist ein Gig«, sagte ich. Ich würde mich mit Bill Dick arrangieren. Ich glaubte, daß es nicht der rechte Zeitpunkt wäre, das Thema von Umschlägen mit großen Blockbuchstaben anzusprechen.

Es ging auf zwei Uhr nachmittags zu, und es schien etwas wärmer zu werden. Es war schwer, etwas über die Wetterlage zu wissen, wenn man gar nicht vom Telefon wegkam. Ich setzte meinen Cowboyhut auf und zog meine Jagdweste an mit den Reihen kleiner Taschen, in denen manche Amerikaner ihre Patronen aufhoben. Ich steckte ein paar Zigarren in die kleinen Taschen. Sei's drum. Man mußte auf alles vorbereitet sein. Ich ging nach draußen.

Zu Hause in Texas war Jagdsaison. Eine gute Zeit, um seiner Schwiegermutter einen Pelzmantel mit Geweih zu verschaffen.

Während ich nun durch die Stadt wanderte, konnte ich fast die verstreuten Schüsse aus den Hügeln von Texas hören. Was für ein großartiger Sport, die Jagd. Wesen zu töten, die schöner sind als man selbst. Vögel zu schießen, die höher fliegen als die Träume. Viele Büffel zu töten. Ab und zu reinigt man seine Flinte und bläst sich versehentlich den Kopf vom Hals. Gut.

34

Es war Heiligabend. Visionen von einsamen, frierenden Stadtstreicherinnen tanzten mir im Kopf herum. Ich hatte im vergangenen Jahr einige Zuckerplätzchen verbrannt. Dazu einige Synapsen.

Ich fühlte mich ein wenig hibbelig, aber recht gut ausgeruht. Zumindest so ausgeruht, wie ich mich immer fühlte. Ich versuchte immer noch, die fünf Jahre aufzuholen, die ich in Nashville vermittels Pillen, die farbenfrohe, fast lyrische Namen trugen, wachgeblieben war. Das ist Country-Musik. Frag Ol' Hank.

Ich warf eine Kassette in den Stereoapparat ein. Chinesische Kinder singen Weihnachtslieder. Wegen meiner langen Jahre auf Tour ertrug ich normalerweise den Klang einer singenden menschlichen Stimme nicht allzu sehr. Aber jedermann verdient von Zeit zu Zeit ein kleines auditives Phänomen. Und man nimmt, was man kriegt.

Es war zehnlich in den abendlichen Stunden, wie man in Hollywood zu sagen pflegt, und ich goß mir fast den vorletzten Tropfen von dem ein, was mein Alkohol-Kabinett hergab. Ich zündete eine Zigarre an und setzte mich in den Schaukelstuhl.

Ich saß so da und versuchte, nicht an das zu denken, in was ich mich da offensichtlich brachte, als die Telefone klingelten. Es war meine Schwester Marcie, die aus Berkeley anrief, wo sie Fisch studierte. Nicht allzu viele Leute studieren Fisch.

Ich bin sechzehn Jahre älter als Marcie. Alt genug, um ihr Bruder zu sein. Als Marcie etwa vier war, spielte ich ihr Streiche, wie es ältere Brüder tun. Erzählte ihr, Lassie sei gestorben. Solche Sachen.

Marcie zählte zu den wenigen Leuten, die jünger waren als ich und die ich dennoch bisweilen um Wissen und Ratschlag anging. Normalerweise hörte ich jüngeren Menschen gar nicht zu. Ich nahm an, wenn sie mein Alter erreichen würden, ohne sich an der Dusche aufgehängt zu haben, dann würde ich ihnen zuhören.

Marcie wußte schon ein wenig über den »Ärger« im Lone Star. Sie sah die *Today*-Show. Der Hank-Williams-Killer. Die Lone-Star-Morde. Informierte sie über die gräßlichen Details, so gut ich konnte. Dann berichtete ich ihr von Bill Dicks Angebot.

Sie lachte. »Du hast es doch nicht angenommen, oder?« fragte sie.

»Also«, sagte ich. »Also, schau mal, ich hab da so eine Idee . . .«

»Du hast doch nicht angenommen«, sagte sie ungläubig.

»Doch«, sagte ich fest. »Ich hab den Gig angenommen.«

»Das war wohl nicht dein bester Zug, Kinkster«, sagte sie. Ich paffte geduldig an meiner Zigarre.

»Wenn ich es nicht tue, dann bedeutet es womöglich das Ende der Country-Musik, wie wir sie heute auf diesem Planeten kennen.« Ich wußte, damit konnte sie was anfangen. Sie war George-Jones-Fan. Hank Williams war wie ein Bruder für sie.

Marcie sagte kein Wort. Es gab eine Fern-Stille in der Leitung. Wenn man sich schon Stille anhören muß, dann ist das die beste. Ich stellte mir vor, wie ein grellfarbiger tropischer Fisch vorbeischwamm in einem Aquarium irgendwo an der linken Küste und meine Schwester ihn betrachtete.

»Marcie«, sagte ich, »ich weiß genug von ihm, um ziemlich sicher zu sein, daß er etwas unternehmen wird. Und wenn er es tut, glaub mir, dann werde ich bereit sein für ihn, und gut geschützt.« Es klang selbst für mich nicht allzu überzeugend.

»Wann ist die Show?« fragte sie.

»Silvester-Abend«, sagte ich.

»Weißt du, was das für ein Tag ist?« fragte sie mit einer Stimme, die plötzlich erstarrte.

»Yeah«, sagte ich. »Ich glaub, es ist ein Mittwoch.«

»Das mein ich nicht«, sagte sie, und es schlich sich eine Spur Hysterie ein. »Silvester ist der Tag, an dem Hank Williams starb.«

Vermutlich hatte ich es unbewußt die ganze Zeit gewußt. Ich hatte einfach nicht daran gedacht und wollte jetzt auch nicht daran denken. Ich nahm ein Bic-Feuerzeug, das seit achtundvierzig Stunden im Familienbesitz war, und zündete, relativ ruhig, eine neue Zigarre an.

»Yeah«, sagte ich, »das war's wohl.«

Es war etwa zwei Uhr morgens, als das Telefon zum letztenmal klingelte. Ich war mitten in einem verwickelten, schwach sexuellen Traum über meine Katze. Ich wußte weder, was die Freudschen Implikationen waren, noch machte ich irgendwelche Anstrengung, sie herauszufinden. Wie Frederick Exley sagte. »Wozu sind Träume gut, wenn sie wahr werden?«

Mir gefiel die Art nicht, wie die Telefone klingelten. Als ob sie einen eigenen Willen hätten. Sie durchschnitten die Stille des Raums viel lauter als nötig. Es klang wahnsinnig und amoralisch. Wie die Stimme einer mittelalterlichen Hexe.

Ich schaltete das Licht an, nahm den Hörer ab und hörte die traurige Stimme von Hank Williams. Es klang wie eine kratzige Schallplatte und war es vermutlich auch. Hanks Gesang kam entweder aus dem Hillbilly-Himmel oder aus New York City, und morgens um zwei war beides schlimm genug.

Der Song, so wußte ich, war Hanks letzter Hit zu Lebzeiten. Die Worte, die ich vernahm, lauteten:

And brother, if I stepped on a worn-out dime
I bet a nickel I could tell if it was heads or tails
I'm not gonna worry wrinkles in my brow
'Cause nothin's ever gonna be alright nohow
No matter how I struggle and strive
I'll never get out of this world alive.

Ich hörte zu, um zu erfahren, ob sonst noch was kam. Aber es kam nichts. Mußte auch nicht.

Ich nahm eine halbgerauchte Zigarre aus dem Aschenbecher und glühte sie an. Ich dachte an Hanks ursprüngliche, traurige Stimme, und je mehr ich an sie dachte, desto mehr schien sie um mich zu trauern. Genau, was ich brauchte.

Ich erhob mich ein wenig wacklig aus dem Stuhl und ging hinüber ans Fenster. Draußen vor dem Fenster meinte ich, dumpf den Schrei eines Waldkäuzchens zu hören. In der Ferne, über dem Verkehr, so war ich mir sicher, konnte ich einen einsamen Whippoorwill hören.

Einsamkeit, allerdings, war nicht mein Problem. Mein Problem war, so ergab sich, daß meine drei Minuten gekommen waren. Ich goß mir noch einen Drink ein und nahm ihn mit hinüber ans Fenster. Ich starrte mit einem gewissen Grauen durch die Düsternis auf die rostigen Feuerleitern jenseits der Straße. Ich kippte den Drink runter.

Es mag vielleicht ausgesehen haben, als ob ich lächelte, aber ich tat es nicht. Meine Lippen glitten nur von den Zähnen.

Alles, was mich erreicht hatte, war ein komischer Telefonanruf. Was, zum Teufel, sollte ich mir da Sorgen machen? Niemand hatte mir bisher einen Song in einem großen Umschlag mit großen Blockbuchstaben geschickt.

Aber es ist komisch, wenn man Songwriter ist. Manchmal fühlt man einen Song kommen.

35

Es war Freitag morgen, der Tag nach Weihnachten. Diverse hunderte Straßen-Weihnachtsmänner schliefen sich auf der Bowery aus. Die Katze und ich waren im Loft, die Espresso-Maschine gurgelte, die Müllwagen rumpelten, und alles war gut auf dieser Welt, außer daß jemand Pläne schmiedete, mich zu ermorden.

Da war der Anruf mit »I'll Never Get Out of This World Alive« zwei Abende zuvor, und nun war da der große Umschlag, der gerade mit der Morgenpost gekommen war und ganz schmuck mitten auf meinem Schreibtisch lag.

Ich öffnete ihn nicht sofort. Dachte, ich sollte mir etwas zu tun übriglassen, wenn der Espresso fertig war. Manche lesen ›The New York Times‹, wenn sie morgens ihren Espresso schlürfen. Ich öffne Umschläge mit großen Blockbuchstaben und lese Hank-Williams-Songs. So unterscheiden sich die Geschmäcker.

Ich nahm den Umschlag, goß mir einen Espresso ein und setzte mich an den kleinen Tisch in der Küche. Die Katze leistete mir Gesellschaft, indem sie auf den Tisch sprang. Es war nur gut, daß Ratso nicht da war. Ihm gefiel offensichtlich nicht, daß Katzen auf dem Tisch saßen, wenn Menschen ihren Espresso schlürften und ihre Todesdrohungen lasen. Dachte wohl, das sei der Gesundheit abträglich.

Während ich behutsam den Umschlag öffnete, konnte ich hören, wie die lesbische Tanzgruppe direkt über mir ihren Unterricht begann. Komischerweise fand ich es recht beruhigend. Im Sinne, alles war wieder unnormal. Ich wünschte, es wäre so.

Der Song war »Kaw-liga«. Über den Holz-Indianer.

Wenn man nach Macken suchte, die für ein krankes Hirn attraktiv sein könnten, dann hatte »Kaw-liga« eine Menge zu bieten.

Der Text lautete unter anderem:

Kaw-liga was a wooden Indian standing by the door
He fell in love with an Indian maiden over in the antique store
Kaw-liga just stood there and never let it show
So she could never answer ›yes‹ or ›no‹.

He always wore his Sunday feathers and held a tomahawk . . .

And then one day a wealthy customer bought the Indian maid
And took her, oh, so far away but ol' Kaw-liga stayed
Kaw-liga just stands there as lonely as can be
And wishes he was still an ol' pine tree.

Tatsächlich paßt die Geschichte von Kaw-liga ausgezeichnet in die heutige Welt. Die Oberflächlichkeit, die fehlende Kommunikation, die heute Leben und Lieben bestimmen. Wenn man für Kaw-liga kein Mitgefühl entwickeln kann, dann wird man niemals Mitgefühl entwickeln.

Ich goß mir eine neue Tasse Espresso ein und dachte an den armen alten Kaw-liga. Ich kannte eine ganze Reihe Leute wie ihn. Ich kannte eine ganze Reihe Indianerinnen. Eine Reihe reicher Kunden. Ich wußte nur nicht, welcher von meinen lieben, gefiederten Freunden mich umbringen wollte. Ich hatte etwa sechs Tage Zeit, dies herauszufinden. Es war schon etwas beängstigend.

Jemand wollte mir meinen Skalp rauben, ehe dieser aufstand und aus der Türe kroch.

In sechs Tagen schuf Gott Himmel und Erde und all die Wunder darin. Es gibt so manche unter uns, die meinen, ER hätte sich vielleicht ein bißchen mehr Zeit nehmen sollen.

Wie dem auch sei, mir blieben sechs Tage, um meine Truppen aufstellen zu können, den Schlachtplan auszuarbeiten, einige schwierige Erkundungen im Hinterland durchzuführen, eine Art Koordination mit Fox und Cooperman zu etablieren, die – sehr spärlichen und sehr verstreuten – Informationen zu überprüfen, die ich hatte, und die verborgene Architektur der Psyche herauszufinden, die verdrehten Fundamente des Bösen, das unter den verschwiegenen Begebnissen lauerte, den Verblendsteinen und dem Mörtel der menschlichen Fassade.

Außerdem galt es, das verschwundene Bild von Hank Williams wiederzufinden und aufzupassen, daß Downtown Judy und Uptown Judy am Silvester-Abend nicht aneinandergerieten.

Zudem war zu kombinieren, wer Linkshänder war und wer, sowohl als Kind wie als Erwachsener, zur richtigen Zeit am richtigen Ort gewesen war. Oder am falschen Ort zur falschen Zeit, je nachdem, welche moralischen Maßstäbe man dabei anlegen wollte.

Zu all dem kamen die üblichen Haushaltspflichten: Katzenfutter kaufen, Toilettenpapier, Zigarren und eine Flasche Jameson. Keine größeren kulinarischen Extravaganzen. Wenn ich irgendwelche Gäste haben würde, konnte ich ihnen Bill Dicks Five-Alarm-Chili anbieten, das mittlerweile aussah wie ein Klumpen Gletscher-Geröll in Schwarz und Silber, aber für die meisten New Yorker interessant sein könnte, die ja ständig nach etwas Außergewöhnlichem suchten.

Sechs Tage, um alles zu erledigen. Mein Gott, man konnte sechs Tage im Verkehr steckenbleiben. Man konnte bei einer Cocktailparty sechs Tage mit einem Buchhalter plaudern. Wenn man Leo nicht kannte, konnte man im Carnegie sechs Tage auf einen Tisch warten.

Sechs Tage, das Leben zu genießen, ehe man über eine neblige, schmale Holzbrücke schreitet und auf einen Totenschädel trifft, der sich von der anderen Seite nähert. Man konnte fast hoffen, daß es noch eine ganze Woche wäre.

Ich erledigte die Einkäufe, fütterte die Katze und füllte mein Stierhorn mit Jameson Irish Whiskey. Ich kippte ihn in einem Zug runter.

Ich versuchte, das Toilettenpapier auf den verdammten Halter zu praktizieren, als die Telefone klingelten. Es war 02:47 nachmittags. Ich konnte ihren Akzent schon vernehmen, ehe ich noch den Hörer aufnahm. Es war Gunner.

Sie hatte in der Presse einen Haufen über meinen Auftritt am Silvester-Abend im Lone Star gelesen und hielt es für »außerordentlich mutig« von mir, im Club zu spielen. Ob es mir gelingen würde, diese Hank-William-Person zu fangen, wollte sie wissen.

Ich erklärte ihr, daß ich eben dies versuchen wollte, außer ich würde im letzten Augenblick das große Zittern bekommen und mich französisch empfehlen. Sie schien ein paar Sekunden darüber nachzudenken. Die Zeit reichte mir, um eine neue Zigarre auszupacken und sie in ein recht gemeines, guillotineartiges Gerät zu stecken, das mir mal Freunde vom Smokehouse in Kerrville, Texas, geschenkt hatten.

»Hast du schon mein Foto gefunden?« fragte sie. Interessantes besitzanzeigendes Pronomen, dachte ich. »Die Hank-Williams-Person und die zwei kleinen Jungen?«

»Noch nicht«, sagte ich.

»Humpf«, sagte sie.

»Wollen wir uns diese Woche mal sehen?« fragte ich.

»Ich hab viel zu tun«, sagte sie. »Vielleicht nach der Show. Ich hab dich nämlich noch nie in Aktion gesehen.«

»Musikalisch gesehen oder in sonstiger Funktion?« fragte ich. »Nun, vielleicht werde ich gar nicht auftreten. Es ist eine Art Tradition bei der Country-Musik, einfach nicht zu erscheinen. Erhöht die Spannung bei den Fans. George Jones macht es häufig. Die Hank-Williams-Person tat es ebenfalls.«

»Wenn du die Show am Mittwochabend schmeißt«, sagte sie mit langsamer und deutlicher Aussprache, »dann hast du keine Haare auf dem Arsch.«

Sie legte auf. Oder hängte ein, wie man es transatlantisch auszudrücken pflegt.

Möglicherweise war Gunner das Risiko nicht bewußt, das bei der Sache mitspielte. Oder es war ihr zum Teufel gerade bewußt. Vielleicht stieß die Architektur meiner Persönlichkeit sie so ab, daß es ihr scheißegal war. Mindestens zwei der Leute, die sie letztlich im Lone Star fotografiert hatte, betrachteten jetzt ihre jeweiligen Nationalblumen von unten. Ich hatte vergessen, sie zu fragen, warum sie die Show der Glaser Brothers nicht geknipst hatte.

Ich paffte ein wenig an der Zigarre und beobachtete die Katze, die zusammengerollt und friedlich auf einem Stuhl in der Nähe schlief. Ich beschloß, daß ich es wagen mußte. Ich mußte den Gig durchziehen.

Ich hatte mich nie für besonders macho gehalten, aber umgekehrt wollte ich auch nicht, daß irgendwer herumrannte und behauptete, ich hätte keine Haare auf dem Arsch.

36

Rambam hatte kürzlich mit einem Fall in Washington, der Kapitale unserer großen Nation, einigen Erfolg verzeichnen können. Er hatte den Sprößling einer prominenten Familie aufgespürt, der verschwunden war und den man schon von irgendwelchen verwirrten Gestalten der kolumbianischen Drogen-Szene gespießt und zerstückelt sah. Rambam fand den College-Knaben, der putzmunter in seinem Auto lebte und sich vor dem Mob versteckte. Nachdem er nun wiedergefunden war, hatte der Knabe wohl nur noch die Lebenserwartung einer Eintagsfliege, doch es war immerhin eine Feder an Rambams Hut.

Ich rief Rambam an und erklärte ihm, daß ich ein verschwundenes Foto von Hank Williams brauchte, und zwar möglichst rechtzeitig, um mir noch zu nützen.

»Okay«, sagte er, »wo soll ich suchen?«

»Da bin ich mir nicht ganz sicher«, sagte ich, »aber ich werde dich informieren.«

»Okay«, sagte er, »wann soll ich suchen?« Rambam stellte – wie alle Privatdetektive – schrecklich viele Fragen.

»Silvester-Abend«, sagte ich, »während ich meinen Auftritt im Lone Star habe.«

»Ich hab schon eine Verabredung für den Silvester-Abend.«

»Nun«, sagte ich, »dann hast du die moralische Entscheidung zu treffen zwischen deinem ausschweifenden Privatleben und dem eigentlichen Leben oder Tod eines deiner engsten Freunde – mir.«

»Ich werde drüber nachdenken«, sagte er.

»So kenn ich den alten Knaben!« sagte ich.

Ich legte auf und rief Ratso an. Da er und Simmons ja offenbar so gut miteinander auskamen, bat ich ihn, das Vorleben des Kerls ein wenig auszuleuchten. Wir verabredeten uns für acht im Derby. Ich legte auf und gönnte mir einen kleinen Kraftschlummer.

Als ich erwachte, fühlte ich mich älter und kälter. Ich entfernte das Katzenklo aus der Dusche, um selbst dessen Platz einzunehmen. Kraftschlummer waren auch nicht mehr so wie früher.

Ich trat unter das Wasser und versuchte die grauen, morphischen Fäden abzuschütteln. Langsam fühlte ich mich wieder wohl. Nicht wohl genug, um »I'll Never Get Out of This World Alive« zu singen, aber okay. Ich reflektierte die

Worte des großen Hotel-Magnaten Conrad Hilton auf die Frage, was er in all den Jahren seines Lebens auf diesem Planeten gelernt hatte. Er hatte geantwortet: »Der Duschvorhang muß immer *in* der Wanne hängen.« Ich folgte seinem Rat.

Ehe ich zum Derby aufbrach, führte ich ein Kondolenz-Gespräch mit Tompall Glaser, den ich unter seiner höchst geheimen, unveröffentlichten Nummer in Nashville anrief. Diese Telefonnummer war in etwa das einzige über Tompall, was unveröffentlicht war. Er und seine überlebenden Brüder Chuck und Jim waren die Inhaber eines der größten Musikverlage in Nashville. Sie hatten auch eine Reihe meiner frühen Songs veröffentlicht. Wir sprachen immer noch miteinander.

»Tut mir leid, Hoss«, sagte ich, als Tompall das Telefon aufnahm, »wegen Ned.«

»Yeah«, sagte er mit leiser Stimme, auf die John Wayne hätte stolz sein können, »Chuck und Jim tut es irgendwie auch leid. Es tut ihnen leid, daß ich's nicht war.« Er lachte ein rohes Lachen, eher hohl als herzlich. »Der kleine Schweinehund wird mir fehlen.«

Trotz der legendären Fehden der Glaser-Brüder nahm ich mal an, daß das zutraf. Ich sagte nichts.

»Warum«, fragte Tompall, »glaubst du, hat er sich Ned ausgesucht?«

»Das werde ich rausfinden«, sagte ich. »Ich trete am Silvester-Abend im Lone Star auf.«

»Mein Gott«, sagte Tompall. »Da hast du dir ja was vorgenommen, Bruder.« Es folgte eine Pause.

»Hey«, sagte er, »Captain Midnite ist hier. Will mit dir klönen. Danke für den Anruf, Kinky.« Ich hörte, wie Tompall Midnite über meinen bevorstehenden Auftritt im Lone Star informierte.

»Wenn dir was passiert«, sagte Midnite, als er an den Apparat kam, »bekomm ich dann deinen Sattel?«

»Cowboys haben heutzutage keinen Sattel«, sagte ich. »Sie haben Telefonbeantworter, Videorecorder, Computer.«

»Schickst du mir deinen Katalog?« fragte er.

»Midnite«, sagte ich, »begreifst du nicht, daß ich nächste Woche eventuell abnippeln werde?«

»Yeah«, sagte er, »hab ich dran gedacht. Ich denke wirklich oft an dich.« Ich hatte Midnite seit sieben Jahren nicht mehr gesehen, aber ich fühlte mich ihm dennoch eng verbunden. Das war vermutlich das Geheimnis, wie man unter Country-Sängern die Freundschaft erhält. Möglichst weit voneinander wegzubleiben.

»Paß auf deinen Arsch auf«, sagte er etwas sanfter. »Ich spiele nächste Woche Golf, und wenn dir was zustoßen sollte – du weißt ja, was man sagt.«

»Nein, ich weiß nicht, was man sagt«, sagte ich.

»Man kann mit gebrochenem Herzen nicht gut putten«, sagte Captain Midnite.

37

Ratso und ich hatten im Derby gerade zwei dicke Haarige verputzt und tranken nun Kaffee in Begleitung von Sambuca, die Andrew persönlich in angemessen gestielten Gläsern auftrug. Ich bewunderte Andrew, weil er niemals Ratsos stilvolle Erscheinung kommentierte. Ratso trug die Schuhe eines Toten, fuchsrote Hosen und eine Waschbär-Mütze mit Schwanz und dem kleinen Kopf des Raccoons an der Vorderseite. Die Augen waren zugenäht, und das verdammte Ding sah ziemlich abstoßend aus, auch wenn man kein Linker war.

»Wie geht's denn so, Kinky?« fragte Andrew in seinem höflichen Tonfall.

»Es geht so, Andrew«, sagte ich.

»Fein«, sagte Andrew. »Der Sambuca geht aufs Haus.«

»Jetzt geht's schon besser«, sagte ich. Ich nahm eine Kaffeebohne aus dem Glas und zerkaute sie. Wer noch nie eine Kaffeebohne aus einem Glas Sambuca gegessen hat, hat noch nicht gelebt.

»Ratso«, sagte ich, »ehe wir uns dem Protokoll unseres letzten Rotarier-Treffens zuwenden, möchte ich dich bitten, deine Kopfbedeckung zu entfernen. Nicht daß ihr eine gewisse Attraktivität abgeht, aber der kleine tote Kopf erinnert mich daran, wie ich möglicherweise Donnerstag morgen aussehe, wenn mein Plan danebengeht.«

»Kein Problem«, sagte Ratso und hängte die Mütze so an den Ständer hinter sich, daß es aussah, als würden die zugenähten Augenschlitze böse die Dame am Nebentisch anstarren. Die Frau starrte die kleine Mütze mit einem Ausdruck an, so leblos und widerlich wie der tote Raccoon. Dann blickte sie Ratso an.

»Ekelhaft«, sagte sie.

Ratso sah kurz die Frau an, dann die Mütze, schließlich wieder die Frau.

»Bitte nicht füttern«, sagte er. Ich nahm eine weitere Kaffeebohne aus meinem Sambuca und zerkaute sie gedankenschwer.

»Zur Sache, Ratso«, sagte ich. »Wir sind Amateure, aber wir sind smart. Wir haben grobe psychologische Profile einiger unserer Bekannten. Wir besitzen diese Kenntnis aus erster Hand, weil wir die Leute schon einige Zeit kennen. Aber kennt irgendwer wirklich irgendwen ganz genau?

Wir haben Hinweise, Details, Hintergrundinformationen. Mehr als genug. Wir müssen uns der Sache von einer anderen Seite nähern als die Bullen. Der Kerl, den wir suchen, ist äußerst schlau. Hat einen Doktor in Fiesiologie. Verstehst du?«

Ratso nickte würdevoll. Er starrte auf einen Nachtisch-Trolley in der Ecke.

»Mittwoch nacht«, fuhr ich fort, »muß ich einem dieser Kerle die Maske vom Gesicht reißen, ehe mir einer von diesen Kerlen die Totenmaske aufsetzt. Ich werde dich, Rambam, Boris und alle, die dir einfallen, brauchen.«

»Die Village Irregulars«, sagte Ratso. »Reicht das?« Ich zuckte mit den Schultern.

»Ich rede morgen mit Fox und Cooperman«, sagte ich.

»Wir werden bereit sein«, sagte Ratso. »Wir wissen nur noch nicht, wofür bereit.«

»Ich habe, fürchte ich, eine ganz brauchbare Idee«, sagte ich. Ich zog die Noten für »Kaw-liga« und den Big-Chief-Block aus der Manteltasche. Ich erklärte Ratso alles, was ich wußte. Es dauerte nicht lange.

Als ich endete, machte sich Ratso einige Notizen auf Briefpapier des Chelsea-Hotels. »Du läßt kaum was aus«, sagte ich.

»Ich wollte nur ein paar Details festhalten«, sagte Ratso.

»Nein«, sagte ich, »ich meinte, Briefpapier aus dem Chelsea Hotel zu klauen.«

»Also wirklich«, sagte Ratso, »das ist doch High Camp.«

»Was hast du über Simmons rausgefunden?« fragte ich.

»Interessantes«, sagte er. »Ich hab es von Simmons' Bruder Andy. Er ist ein paar Jahre jünger als Mike. Die beiden waren immer eng zusammen. Simmons ist offenbar ziemlich frustriert. Er hat nicht geschafft, was er in der Country-Musik erreichen wollte.«

»Wer hat das schon?« fragte ich. Alle wollten Hank Williams sein, aber keiner wollte sterben.

»Egal«, sagte Ratso, »seine Vergangenheit in Texas ist ganz schön undurchsichtig. Er hat dort mal für ganze sechs

Monate gelebt. War fast sein Leben lang Yankee und mag sich das nicht einmal selbst eingestehen.«

»Yeah«, sagte ich.

»Hatte es recht schwer«, sagte Ratso. »Nicht viele Chancen. Hat nie in der Opry gespielt. Vor etwa zehn Jahren spielte er eine Zeitlang im Wheeling Jamboree in Wheeling, West Virginia.« Er machte eine Pause, um seinen Kaffee zu schlürfen. »Das ist harte Arbeit.«

»Was ist harte Arbeit?« fragte ich.

»Wheeling, West Virginia«, sagte Ratso. Er lachte.

»Das ist wirklich verdammt witzig«, sagte ich. Ich dachte einen Moment nach. Ich kippte zerstreut den Sambuca runter und sagte: »Sehr seltsam, mein lieber Ratso.«

»Was meinst du?« fragte er.

»West Virginia«, sagte ich. »Das taucht ständig auf. Simmons hat da gelebt. Cleve. Flippo.« Ich gab dem Kellner ein Zeichen für mehr Kaffee und mehr Sambuca. Ratso bestellte einen Walnuß-Apfel-Pecan-Kuchen, die Spezialität des Hauses.

»Ich lese gerade ein sehr merkwürdiges Buch«, sagte Ratso, »von John Keel, einem Spitzen-Autor auf dem Gebiet der UFOs und Freund von mir. Das Buch heißt *The Mothman Prophecies* und handelt von diesen drei Meter großen geflügelten Kreaturen, die angeblich Tausende von Menschen im Himmel über West Virginia gesichtet haben.«

»Wenigstens ist es nicht über Hitler, Bob Dylan oder Jesus«, sagte ich.

Ratso machte sich über den Walnuß-Apfel-Pecan-Kuchen her, ohne meine Bemerkung zu beachten. Er verschlang ein gutes Stück und sagte dann mit noch nicht ganz leerem Mund: »West Virginia ist eine der wenigen Gegenden dieses Landes, um die die Indianer niemals gekämpft haben. Keel stellt die These auf, daß es verfluchtes Land sei, verwunschenes Land, vielleicht irgendein Begräbnisgebiet.«

»Von da kriegt man gerne mal eine Ansichtspostkarte«, sagte ich.

»Genau«, sagte Ratso. »Der Platz hat irgendwie ein schlechtes Karma.«

»Für Hank allemal«, sagte ich.

»Wieso das?« fragte Ratso.

»Hank starb dort«, sagte ich.

38

McGovern hatte gesagt, es sei sehr wichtig, daß wir uns zum Frühstück um zehn Uhr am Samstag morgen im LaLobotomy Coffee Shop in der Eighth Avenue träfen. Der Laden heißt eigentlich LaBonbonnière, aber eine reizende Freundin von mir, The Lizard, hatte ihn LaLobotomy getauft, und der Name war hängengeblieben. Er paßte ziemlich gut zur Kundschaft, einschließlich meiner selbst, so wie ich mich an jenem Morgen fühlte.

Abgesehen von der Tatsache, daß es bereits halb elf war und daß McGovern nur eine Ecke weiter in der Jane Street wohnte, war McGovern nicht da. Große Überraschung.

Charles, der Besitzer, brachte mir eine Tasse Kaffee und ein großes Glas Tomatensaft, ohne daß ich es bestellt hatte. Charles war eine wahre Rarität, ein außerordentlich liebenswürdiger Franzose, aber das Essen war typisch amerikanische Fett-Küche. Das beste Frühstückslokal in New York. Außer Dim sum, natürlich.

Ich trank meinen Kaffee und las die ›New York Post‹, als ich plötzlich McGovern im Eingang dieses kleinen Ladens lauern sah. Er sah etwa viermal so groß aus wie Gott.

»Hey, Klasse«, sagte er, »dachte schon, ich hätte dich verpaßt.«

»Leider nicht«, sagte ich. »Hattest du eine wilde Nacht?«

»Wer?« fragte McGovern. »Ich?« Sein herzliches irisches Gelächter füllte den kleinen Raum schließlich so sehr, daß ein erschrockenes junges Schwulenpärchen und eine abgewrackte Pennerin zu unserm Tisch rüberschauten. McGovern studierte bereits die Speisekarte und bemerkte es nicht. Ich beantwortete ihren Blick mit stiller Würde. Sankt Kinky. Schutzengel und Verteidiger großer, übersprudelnder Iren in kleinen Cafés und im Village.

Charles brachte Kaffee für McGovern und nahm unsere Bestellungen entgegen. McGovern und ich tranken unseren Kaffee und beobachteten, wie die Welt draußen vor den Fenstern von LaLobotomy vorüberzog. Er hatte eine Ausgabe der ›Daily News‹ mitgebracht, und ich hatte natürlich die ›Post‹. Wenn die Konversation stockte, dann gab es ja immer noch die Realität. Oder wir konnten Zeitung lesen.

Ich machte mir keinen Kopf, daß ich die ›Post‹ mitgebracht hatte, obwohl ich natürlich wußte, daß McGovern für die ›Daily News‹ schrieb. Er konnte sich überlegen fühlen und sogar ein kleines bißchen überheblich, wenn er sein Frühstück mit einem ›Post‹-Leser einahm. Ich unterstütze gerne meine Freunde.

»Deine Show im Lone Star«, sagte McGovern. »Ich soll einen Artikel darüber schreiben. Ich weiß, daß es dir schwerfällt, auf all diese Presseaufmerksamkeit zu verzichten, aber ich glaube, du solltest da aussteigen, solange du noch kannst. Ich hab ein schlechtes Gefühl dabei. Ich sag nur, sag die Show ab.« McGovern sah ganz un-McGovernhaft ernst aus.

Ich nippte meinen Kaffee und beobachtete, wie ein Blinder, zwei identisch gekleidete Homosexuelle und eine Nonne die Eighth Avenue bei Rot überquerten. Ich hätte eine Bürger-Festnahme durchführen können, beschloß aber, es durchgehen zu lassen.

»Was zum Teufel ist so komisch?« fragte McGovern.

»Ich schau mir diese verdammten Leute an, draußen vorm Fenster«, sagte ich. »Die sehen aus wie gestrichene Zeilen aus einem alten Bob-Dylan-Song.«

»Bist du sicher, daß du nicht bloß deine Spiegelung siehst?« fragte McGovern. Er lachte wieder. Ein wenig zu laut, meiner Meinung nach, für die Größe des Restaurants.

»Könnte schon sein, McGovern«, sagte ich. »Ich bin ein aristokratischer Freak. Ich habe das Recht verdient, hier zu sein.«

»Fein«, sagte McGovern. »Also sagst du den Gig ab?«

»Natürlich nicht«, sagte ich. »Es ist höchst wichtig, daß ich diesen Gig spiele. Mit den Worten Thomas Paines: ›Es ist mir gleich, wer die Gesetze des Landes macht, solange ich die Lieder schreibe.‹« Ich trank meinen Kaffee aus und schaute McGovern an.

Er hob seinen Mantel vom Fußboden auf und wollte gehen. »Du schreibst vielleicht die Lieder«, sagte er und schüttelte traurig seinen dicken, stattlichen Kopf, »aber ich schreib die Nachrufe.«

39

Ich lief die zehn knochenverfrostenden Ecken bis zum Bullen-Stall. Die Welt draußen war nicht so warm und gemütlich wie Charles' kleines Café. Ich hoffte nur, daß der Himmel so war wie LaLobotomy. Ich schaute auf die Straße. Die überquellenden Mülltonnen. Die streunenden Hunde. Streunende Menschen. Alles war so kalt wie die Schalterhalle einer Bank am Südpol. Man wünschte sich fast, in West Virginia zu leben.

Plötzlich waren die grünen Kugeln des Sechsten Reviers

vor mir. Der Anflug einer Art Schuldgefühl überfiel mich. Vielleicht wie bei einem Würstchenverkäufer ohne Gewerbeschein. Cooperman und Fox und ich hatten nicht gerade ein besonders fürsorgliches Verhältnis miteinander. Das einzige Beweisstück, das ich dem Gesetz nach zurückhielt, war der Song »Lost Highway«, den Rambam aus Bill Dicks Schreibtisch gestohlen hatte. Ich hatte »Lost Highway« in der Manteltasche, aber der Umstand wäre schwer zu erklären, ohne Rambam hineinzuziehen, und ich brauchte Rambam noch. Ich folgte einer so komplizierten Berufsethik, daß es sehr häufig selbst mir nicht gelang, sie zu umgehen.

Ich sagte dem Kerl, der am Empfangstisch die Zeit verschnarchte, meinen Namen und nahm auf einem kleinen Plastikstuhl mit einer kleinen Schreiblehne Platz. Der Stuhl war fester an den Boden geschraubt als die Freiheitsstatue. Ein anderer Kerl saß auf einem ähnlichen Stuhl in der Ecke. Er hatte den Standard-Haarschnitt einer Irrenanstalt und rollte seine Augen ein wenig heftiger in die Höhlen zurück, als es Mode war. Eine seiner Hände war mit einer Handschelle an das Stuhlgestänge gekettet. Sah so aus, als würde er auch warten.

Meine Nummer wurde zuerst aufgerufen.

Ich betrat das Tal des Todes, um Cooperman und seiner Kaffeetasse gegenüberzustehen. Fox war nicht da. Ich fragte nicht nach ihm.

»Setz dich«, sagte Cooperman. Ich setzte mich.

»Was nehmen Sie in Ihren Kaffee, Senator?« fragte er.

»Alles«, sagte ich.

Er nahm seine Tasse, fand eine weitere auf einem Nebentisch und ging zum Kaffeeautomaten in der Ecke. »Hatte ich vermutet«, sagte er.

Ich dachte an eine Nacht vor mehreren Monaten, ehe all dies begann, als Ratso und ich die Seventh Avenue hinunterfuhren und Joe DiMaggio um halb zwei morgens das Carnegie Delicatessen betreten sahen.

»Mein Gott«, sagte Ratso, »da ist er.«

»Yeah«, sagte ich, »sieht aus, als sei er allein.«

»Nun«, sagte Ratso, »er hat Marilyn nicht dabei.«

Joe betrat das Carnegie, und Ratso und ich fuhren bei Grün um die Ecke. »Das hat doch keiner«, sagte ich.

»Weißt du«, sagte Ratso, »ich hab gehört, die Kids umschwärmen ihn immer noch um Autogramme, aber sie sagen ›Mr. Kaffee! Mr. Kaffee!‹ Die wissen nicht mal, daß es der verdammte Joe DiMaggio ist.« Wir überquerten mehrere Kreuzungen brodelnder Einsamkeit ... Kentukky Fried Chicken ... eine oder zwei Nutten ... ein leerer Wolkenkratzer.

»Ich hoffe bei Gott, daß er Leinenservietten kriegt«, sagte ich.

Cooperman stellte den Kaffee vor mich hin und setzte sich schwerfällig in einen ramponierten Bürostuhl auf der anderen Seite seines Schreibtischs.

»Was hast du auf dem Herzen?« fragte er.

Cooperman war nicht übermäßig erfreut, von meinem bevorstehenden Silvester-Gig im Lone Star Café zu hören. Er war noch weniger erfreut zu erfahren, daß ich den Song »Lost Highway«, den ich zwischen uns auf den Tisch gelegt hatte, von Frank Serpico erhalten hatte.

»Mein Gott, ist das witzig«, sagte Cooperman mit einem sehr unschönen, kleinen, starren Lächeln in den Mundwinkeln.

»Yeah«, sagte ich. »Es fand sich im Schreibtisch von Bill Dick – ohne Poststempel, der Umschlag ungeöffnet – in der Nacht, als Ned Glaser starb.«

»Sag an«, sagte Cooperman liebenswürdig. »Ich bin hocherfreut, diese Information zu erhalten.« Er nahm einen

Schluck Kaffee. Er grinste ein breites Grinsen. Es war jene Art Lächeln, die erst in einer Million Jahren seine Augen erreicht hätte. Ich hatte nicht die Zeit zu warten.

»Ich hab auch einen Song. Kam diese Woche mit der Post«, sagte ich. »Schon mal was von ›Kaw-liga‹ gehört?«

»Führer der Black Muslims?« fragte Cooperman.

Ich nahm einen Schluck Kaffee und zuckte ein wenig zusammen. »Nein«, sagte ich. »Kaw-liga war ein Indianer aus Holz, der an der Tür stand. Er verliebte sich in die Indianerin im Antiquitäten-Laden gegenüber.«

»Und?« sagte Cooperman.

»Und – kennt man doch«, sagte ich. »Junge trifft Mädchen, Junge verliert Mädchen, Country-Sänger verliert Leben. Die gute alte Geschichte.« Wir nahmen beide einen Schluck Kaffee.

»Okay«, sagte Cooperman, »rück schon raus. Was hast du sonst? Noch mehr beiseite geschaffte Beweisstücke? Irgendwelche schwachsinnigen Theorien? Überhaupt irgendwelche Ideen? Spuck's schon aus.« Cooperman lehnte sich in seinem Stuhl zurück. Er nahm eine Gauloise aus der Packung auf seinem Tisch und zündete sie mit einem Zippo an. Ich nahm eine Zigarre aus der Jagdweste und fand in meiner Manteltasche ein rosarotes Bic-Feuerzeug. Das war erst seit gut zwölf Stunden in der Familie. Ich unterzog die Zigarre den vorbereitenden Zeremonien und erzählte Cooperman, was ich wußte.

»Schau mal«, sagte er mit müder Stimme, »wir haben also drei Opfer, die alle irgendwie mit dem Lone Star Café zu tun haben. Sie arbeiten dort, sie spielen dort, das Entscheidende ist, sie sterben dort. Mit der Ausnahme von Glaser, der auf dem West Side Highway starb. Nun haben wir dieses Schnuckelchen, versteckt in Bill Dicks Schreibtisch.« Er wies mit der Hand auf den Song »Lost Highway«, und etwas Asche fiel von seiner Gauloise auf Hanks Noten wie eine dicke, graue Träne. Niemand wischte sie ab. Selbst die Franzosen hätten vermutlich Hank Williams gemocht, dachte ich. Wenn sie nur lange genug aufhörten, an Jerry Lewis zu denken.

»Und dann haben wir dich«, fuhr Cooperman fort. »Du spielst Silvester-Abend im verdammten Lone Star Café wie ein Polizei-Lockvogel, der seine Verstärkung zu Hilfe ruft. Das ist es doch?«

»Nun«, sagte ich.

»Nun, laß dir eines sagen, Freundchen. Die Verstärkung reicht vielleicht nicht aus.«

Ich paffte meine Zigarre und wollte gerade etwas sagen, aber Cooperman fuhr fort. »Und dann haben wir einen Täter rumlaufen, der all die Zeitungen liest und die Elf-Uhr-Nachrichten sieht und ganz scharf wird.«

Cooperman betrachtete mich ein bißchen länger, als angenehm war, dann fragte er: »Hast du mal eine Weihnachtsfeier in der Abteilung für geisteskranke Kriminelle mitgemacht?«

»Noch nicht«, sagte ich.

Cooperman steckte sich noch eine Frosch-Fluppe an und blinzelte mir durch den Qualm zu. »Du hast ein Rad ab, mein Lieber«, sagte er. »Du hast dich selbst in die Scheiße gesetzt. Wir werden Mittwoch abend da sein, aber ich beneide dich nicht, Tex.« Er lächelte.

Mit der Variante eines päpstlichen Segens gab er mir zu verstehen, daß die Audienz beendet sei. Ich wandte mich zur Tür. Ich hatte den Eindruck, daß alles gesagt war. Er hatte kaum etwas von dem, was ich ihm erzählt hatte, begriffen. Und wenn er mehr über den Fall wußte, so behielt er es für sich. Soviel zum Kapitel gegenseitige Fürsorge.

Als ich das Haus verließ, war der Mann, der an den Plastikstuhl gekettet gewesen war, verschwunden. Ich hätte gern gewußt, für *wen* er sich hielt. Vielleicht wußte er ja, wer er war, und das war der Grund, weshalb er an einen Plastikstuhl angekettet werden mußte. Vielleicht wäre die einzige Methode, uns alle zu retten, die ganze Welt an Plastikstühle zu ketten. Aber dafür gab es nicht genug Handschellen und nicht genug Plastikstühle. Und dann wäre niemand mehr übrig, um die Schlüssel wegzuwerfen. Aber sonst hörte sich die Idee ziemlich vernünftig an.

Es nieselte leicht, als ich hinüber zu 199B Vandam marschierte. Weihnachten war gekommen und gegangen wie eine Elfe aus der Hölle. Je näher Mittwoch abend kam, desto stärker fühlte ich mich wie ein Köderwurm. Ich hoffte nur, daß mir nicht das Wochenende versaut wurde.

Während ich so durch den Regen schlenderte, fiel mir etwas ein, was F. Scott Fitzgerald in *Zärtlich ist die Nacht* geschrieben hat. Es ging ungefähr in die Richtung, daß alle in Frankreich sich für Napoleon hielten und alle in Italien für Jesus Christus.

Nun, man konnte sich was Entsprechendes für Big Apple einfallen lassen. Irgendwer in New York hielt sich offensichtlich für Hank Williams.

40

Einen erschreckenden, klaren Augenblick lang wußte ich nicht, wer oder wo ich war. Es war in etwa so, als wüßte man, was im Kopf eines Conférenciers in einer Spielshow vorging. Keine angenehme Erfahrung.

Es war Samstag nacht. Sitting Bull schaute mich von der Oberseite des Big-Chief-Blocks an, der auf dem Fußboden lag. Ich hob ihn auf. Ich legte ihn auf den Tisch.

Der Big-Chief-Block konnte mir nicht allzuviel verraten. Genausowenig wie die stark verkürzten Biographien einiger jener Leute, über die ich mich kundig gemacht hatte, und eine flüchtige Abschrift der meist zusammenhanglosen Bemerkungen, die sie gemacht hatten. Meine Handschrift sah aus wie die Handschrift einer Maus.

»Wer von euch ist nicht das, was er zu sein scheint?« sagte ich zur Katze. Die Katze sagte gar nichts.

»Wer von euch ist in Wahrheit ein Feind, der sich als Freund ausgibt?« War das überhaupt möglich? Nun, Freunde, es hatte ganz den Anschein. Natürlich kann der Anschein täuschen. Aber ebenso Freunde.

Von Simmons hatte ich: ». . . wuchs in Texas auf. Woher hab ich sonst wohl meinen Texas-Akzent?« Simmons hatte keinen Texas-Akzent, aber er glaubte das. Die Leute in New York glaubten das auch, aber was hatten die auch für Ahnung? Wie er sang, klang nach Texas, aber wie er sprach, hätte keinen Cowboy hinterm Busch vorgelockt.

Fortsetzung Simmons: »Als wir noch kleine Jungs waren, nahm uns unser Vater mit in die Grand Ol' Opry, und ich vermute, davon ist ein bißchen hängengeblieben.«

Bill Dick leugnete jegliche Kenntnis von dem Umschlag, den Rambam in seinem Schreibtisch gefunden hatte. Ich wollte die Sache noch nicht zu sehr forcieren. Vielleicht hatte er den Umschlag nur im Tisch versteckt und den Glaser Brothers nicht gezeigt, damit sie ihren Gig nicht absagten. Ein Feigling, kein Killer. Aber es eröffneten sich auch andere Möglichkeiten. Als ich ihn fragte, wo er aufgewachsen sei, sagte er: »Geboren und aufgewachsen in Brooklyn, New York.« Auf die Frage, ob er jemals in den Südstaaten gewesen sei, sagte er mit etwas Stolz: »War noch nie südlich der Mason-Dixon-Line.« Natürlich, dachte ich mir, Billy the Kid war ja auch in Brooklyn geboren und aufgewachsen.

Cleve war sehr unglücklich im Lone Star. Das war verständlich, dachte ich mir. Wir klönten und lachten ein bißchen über die paar Jahre, die wir auf Tour verbracht hatten, als er Roadmanager meiner Band war. Jene Jahre waren erbärmlich genug, aber jetzt erschienen sie uns wie die Gute Alte Zeit. Wir erinnerten uns an eine Country & Western-Bar-Mizwa, zu der wir gemeinsam vor einigen Jahren in New Jersey aufgespielt hatten. Es war ein Kokain-Albtraum – Swimmingpool hinter dem Haus, Heuhaufen, Kids in kleinen Cowboy-Anzügen, die überall mit Spielzeuggewehren rumrannten.

Ich dachte an die beiden kleinen Jungen, von denen mir Gunner erzählt hatte, auf dem Foto, das ich nie gesehen hatte. Es kam mir immer wichtiger vor.

Ich hatte mir auch Cleves Vergangenheit aus Spaß an der Freude aufgeschrieben. »Wir sind in Kentucky aufgewachsen ... zogen nach Virginia, West Virginia, Tennessee, Texas – überall.« Cleve war ein Einzelkind, wie er behauptete. Er war einige Zeit lang auf Tour gewesen. Er hatte gedacht, die Arbeit im Lone Star würde ihm etwas Ruhe bringen. Pustekuchen.

Es stand nicht auf dem Big-Chief-Block, aber Cleve hatte ernste Bedenken ausgedrückt, weil ich am Silvester-Abend im Lone Star auftreten wollte. Er sagte, das sei so eine verrückte Idee von Bill Dick, und gab mir den Rat, noch einmal ernstlich zu überlegen, ob ich den Gig nicht absagen wollte.

»Ein Gig ist ein Gig«, sagte ich.

»Du bist ein verdammter Idiot«, sagte er.

Chet Flippo war in Ohio aufgewachsen. Hatte in Texas, Tennessee, West Virginia und wieder Texas gelebt, schließlich geheiratet und war nach New York gezogen. Hatte einen ein paar Jahre älteren Bruder und eine kleine Schwester. Hatte während der Niederschrift von *Your Cheatin' Heart. Eine Biographie über Hank Williams* gedacht, er sei einem Nervenzusammenbruch nahe. Offenbar hatte sich der Typ mit seinem Thema überidentifiziert – hielt sich für Hank und seine Frau für Audrey.

Flippo brachte eine sehr interessante Sache zur Sprache. Er erinnerte sich, wie er am Neujahrstag 1953, als er zehn Jahre alt war, eine lange Zeit in einer großen Halle in Canton, Ohio, auf einen Auftritt von Hank Williams gewartet hätte. Das war die Show, die Hank niemals spielte. Jemand machte eine Ansage, Hank sei gestorben. Die Band spielte »I Saw the Light« hinter einem geschlossenen Vorhang, hinten auf der Bühne. Die Leute, die da waren, so meinte Flippo, würden das niemals vergessen. Die große Leere. Das Gefühl des Verlustes. Flippo war seither von Hank fasziniert.

Wenn man ein Country-Musik-Idol sein will, dann muß man genau im richtigen Moment sterben. Und Hanks Timing war nahezu perfekt. Für alle außer ihn selbst. Er war gerade neunundzwanzig Jahre alt. Auf der anderen Seite war höheres Alter normalerweise nicht sehr angenehm und beförderte nicht unbedingt den Ruhm. Ich dachte an Will Rogers, einen anderen Kerl mit gutem Timing, der mal gesagt hatte: »Hohes Alter hat mindestens so viele Männer ruiniert, wie es sie gemacht hat.« Bei meinem Lebensstil stellte sich das Problem natürlich überhaupt nicht.

Soweit der Big-Chief-Block. Ein bißchen Geographie, ein bißchen Frühgeschichte, ein bißchen Psychologie. Natürlich war ich kein Psychologe. Aber ich erkannte schon eine Person, deren Aufzug nicht bis ins Penthouse fahren würde. Und ich konnte ein Puzzle zusammensetzen. Und ein paar Puzzlechen paßten langsam ins Bild. Nur das Bild fehlte leider immer noch.

Ich dachte an Gunner. Ich hatte in der vorherigen Nacht versucht, sie anzurufen, aber ihr Beantworter war eingeschaltet. Wenn man dem zuhörte, bekam man Lust auf eine Liebesaffäre mit ihrem Akzent. Man konnte auf dem Gebiet der Psycho-Serien-Morde nicht vorsichtig genug sein.

Selbst wenn Frauen, Ausländer oder Freunde betroffen waren. Satan diskriminierte niemand.

Ich suchte nach anderen Verdächtigen, jemand, den ich übersehen hatte, aber es paßte einfach nichts. Ich war sicher, daß einer von ihnen drinsteckte. Ein völliger Außenseiter hätte keine so große Metzelei anrichten können. Zu eingeweiht. Zu gründlich. Zu . . . intelligent.

Ich hatte ein paar Probleme mit dem Einschlafen. Es schien, als ob Vorahnungen von Mortalität und Morpheus auf meinem Nasenrücken Fingerhakeln veranstalteten. Beide würden ihre Chance haben, dachte ich und machte mir keine größeren Sorgen.

Kurz bevor ich wieder einschlief, gingen mir zwei einsame Gedanken durch den Kopf. Wer würde die Katze füttern, wenn mir was zustieße? war der erste. Der zweite war, wenn ein lesbischer Tanzkurs auf der Decke rumstampfte, und es wäre niemand im Loft darunter, der es hören könnte, würde es dann Lärm machen?

41

Es ist fast so schwer, gutes mexikanisches Essen in New York zu bekommen wie in Mexiko. Man muß wissen, was man auf dieser Erde tut, oder das Leben läuft einem davon. Mein Kumpel Joel Siegel und ich dachten ein wenig drüber nach und entschieden uns schließlich für Barbecue.

Joel ging mit mir zu Smokey's in der Twenty-fourth Street Ecke Ninth Avenue. Es war nicht schlecht für New York. Aber es war nicht HOWIE'S #1.

Anschließend schaute ich in Ratsos Apartment vorbei. Irgendwo in Ratsos Apartment konnte man alles Weltliche finden – einen nicht funktionierenden Heimtrainer, eine meterhohe Statue der Jungfrau Maria, den ausgestopften Kopf eines Eisbären und über zweihundert kaum benutzte Eishockey-Schläger.

Ich durchstöberte Ratsos umfangreiche Bibliothek – vorwiegend Bücher über Jesus, Bob Dylan und Hitler –, bis ich fand, wonach ich suchte. Einen alten Straßenatlas der Vereinigten Staaten von etwa 1953.

Es war noch früh, als ich nach 199B Vandam zurückkehrte, aber es war bereits fast dunkel. Es war jene einsame Zeit in New York oder sonstwo, kurz bevor Sonntag abend Sonntag abend wird. Ich sah mir Ratsos Straßenatlas an und rauchte eine Zwei-Dollar-fünfundsiebzig-Cent-Upmann-Zigarre. Die gleiche Sorte wie John Kennedy. Ich fragte mich, welche Sorte Adlai Stevenson geraucht hätte, wäre er zum Präsidenten gewählt worden. Nun gut ...

Es war 07:52 in New York; 04:52 in Kalifornien. Drei Stunden Unterschied in der Zeit sowie ein paar kulturelle Unterschiede, auf die ich nicht näher eingehen will. Als generelle Daumenregel könnte gelten: Wenn man New York als Neger sieht, der mit sich selbst spricht, und Kalifornien als Videorecorder, für den man nichts abzuspielen hat, dann läge man recht gut.

»Charlie«, sagte ich, »ich hab ein kleines Problem.« Charles Ansell war ein alter Freund der Familie. Er war außerdem der führende Psychoanalytiker des San Fernando Valley und eine der herausragenden Autoritäten über Geschwister-Rivalität, Traumanalyse und Lenny Bruce. Mein Vater behauptete außerdem, er sei der erste Mensch, den er jemals gesehen hatte, der sich ein Feuerzeug unter den Arsch gehalten und einen Furz abgefackelt hatte.

»Du glaubst nur, daß du ein Problem hast«, sagte Charlie. »Nach all dem Scheiß, den ich mir heute hab anhören müssen, kannst du gar kein Problem haben.« Ich weihte ihn in die Situation ein.

»Du hast ein Problem«, sagte er.

Während Charlie redete, kritzelte ich alles, was mir nur entfernt wichtig erschien, auf meinen Big-Chief-Block. Er erläuterte alles so klar, daß es auch ein einigermaßen aufgeweckter Laie wie ich verstehen konnte. Nicht allzu viele Zwanzig-Dollar-Wörter.

»Hilft dir das weiter?« fragte er, als er endete.

»Ich werd's dich am Donnerstag morgen wissen lassen«, sagte ich. Ich wollte auflegen, als mir etwas einfiel. »Ach, Charlie«, sagte ich, »vor einiger Zeit hatte ich einen Traum –«

»Du hältst dich wohl für Martin Luther King«, sagte er.

»Die Sache ist relativ ernst, Charlie«, sagte ich, »und der Preis ist korrekt, also wüßte ich gern deine Meinung.« Ich erzählte Charlie von dem Traum, in dem ich das Miniatur-Baby fand mit der Windel in Größe einer Sonderbriefmarke. Ich erzählte, wie sich alle meine Freunde um uns scharten und darauf bestanden, daß die Windel gewechselt werden solle, und wie niemand bereit war, sich zur lächerlichen Größe des Kindes zu äußern.

»Das bedeutet doch, daß ich glaube, einen zu kleinen Penis zu haben, oder?« fragte ich. Ich wußte, daß das in keinster Weise zutraf, aber es erschien mir die klassische Interpretation.

»Nein«, sagte Charlie, »das heißt es überhaupt nicht.« Ich ließ eine Qualmwolke der Erleichterung zur Decke aufsteigen, ungefähr in Richtung des lesbischen Tanzkurses.

»Nun, was zum Teufel bedeutet er denn *wirklich?*« fragte ich.

»Er bedeutet, daß deine Freunde Idioten sind«, sagte er.

42

Es war zu jener Stunde, in der sich die Kutsche des Prinzen in einen Zigeunerwagen verwandelt, der streng nach Ganja stinkt. Ich wanderte über die Seventh Avenue und stieg hinunter ins Monkey's Paw mit meinem Big-Chief-Block und Ratsos antikem Straßenatlas fest unter dem Arm und einer brennenden Zigarre fest unter meiner Oberlippe. Eine muffige Frau an der Bar machte eine hektische kleine Wedelgebärde in Richtung meiner Zigarre. Ich ignorierte sie.

Ratso hatte gesagt, er wolle mich dort treffen, aber ich konnte ihn noch nicht sehen. Möglicherweise machte er in seinem Apartment Inventur. Mick Brennan war da und schien einige Drinks Vorsprung zu haben.

»Wo ist Michael Caine?« fragte ich, während ich Bushmills Irish Whiskey anstelle von Jameson Irish Whiskey bestellte. Ich dachte, etwas Variation käme dem Thema zugute.

»Michael«, lachte Brennan, »ist drüben im Lone Star und unterhält sich mit deinem Freund Cleve. Versucht, ein Engagement zu bekommen. Ist auf all die Presse neidisch, die du kriegst.«

Ich kippte das Glas Bushmills runter. Er unterschied sich nicht erkennbar von Jameson. Aber wer konnte das schon nach einem Glas sagen? »Das ist ja wahrlich kosmisch«, sagte ich. »Michael Caine ist der einzige, auf den ich neidisch bin. Das heißt, wenn ich nicht ich sein könnte, wäre ich gerne er.«

»Werd ich ihm bestellen, wenn ich ihn sehe«, sagte Brennan.

»Mick«, sagte ich, »ich habe noch eine fotografische Frage an dich. Diese geht einige Jahre zurück.« Ich legte Mick das Problem vor, und er bestätigte, was ich bereits vermutete. Es verriet mir nicht viel über die Identität des Killers, aber es war ein weiteres Teilchen im Puzzle des verschwundenen Hank-Williams-Bildes.

Mick entschwand. Ich gönnte mir noch ein Glas Bushmills. Ich beobachtete, wie das Wiesel, die lokale Versorgunggstelle für Pulver zum Verreisen, bei der Herrentoilette rein- und raushuschte. Ich blieb an der Bar und wartete auf Ratso. Satan, hebe dich hinweg von meinem Nasenloch.

Ich trank ein Bass Ale und betrachtete den Alabama/Tennessee/Virginia/West Virginia-Teil des Straßenatlas, als ich eine Erscheinung über meiner linken Schulter verspürte. Ratso und Boris. Boris war ein russischer Karate-Experte, der dich auf über hundert Arten zu Tode befördern konnte, ohne irgendwelche Spuren zu hinterlassen. Ratso griff herüber, nahm mir das Glas aus der Hand und trank einen guten Teil des Bass Ales.

»Nicht schlecht«, sagte er.

»Es ist nur ein bißchen Herpes«, sagte ich. »Keine Angst, ich werde es nächste Woche in der Nulltarif-Klinik untersuchen lassen.«

Boris, der nur selten Alkohol trank, sagte zum Barmann »To-ma-ten-saft« mit einem gefährlich klingenden, fast tödlichen Akzent. Er lächelte ein Lächeln, das man lächelt, wenn man weiß, man kann einen Menschen auf über hundert Arten zu Tode befördern, ohne irgendwelche Spuren zu hinterlassen.

Ich blickte auf den Straßenatlas und sagte, »Montgomery, Chattanooga, Knoxville, Rutledge, Bristol, Cedarville, Chilhowie, Marion, Wytheville, Bluefield, Princeton, Beckley, Willis Branch, Oak Hill.«

»Gläichfalls«, sagte Boris.

»Eigentlich«, sagte ich, »kann man Montgomery und Chattanooga vergessen. Es geht nur um Knoxville, Rutledge, Bristol, Cedarville, Chilhowie, Marion, Wytheville, Bluefield, Princeton, Beckley, Willis Branch und Oak Hill.«

»Das ist bässer«, sagte Boris.

»Boris«, sagte ich, »ich erwarte von einer Person mit einer so reichen östlichen Vergangenheit wie du, daß sie versteht –«

»Mord?« lachte Boris. »Ich hab viel, viel Mord gesehen.« Seine Augen lachten nicht. Sie waren grau und still wie der Schnee, der auf Leningrad fiel.

»Was ist denn nun mit all diesen Kuhdörfern?« fragte Ratso.

»Das sind keine Kuhdörfer, Ratso«, sagte ich. »Sie sind bloß nicht New York.« Ich trank, was er von meinem Bass Ale übriggelassen hatte.

»Das meinte ich doch«, sagte Ratso.

»Ich arbeite«, sagte ich, »an Hank Williams' letzter Fahrt.« Ich gab Tommy ein Zeichen für noch einen Bushmills und ein Bass Ale. »Nun, wenn wir das Datum auf dem verschwundenen Foto berücksichtigen, wie Gunner es erinnert – das sollte sie, denn es ist der Geburtstag ihrer Mutter –, können wir vermutlich auch Knoxville ausschließen.«

Ratso beugte sich über die Bar, um den Straßenatlas zu studieren. Er liebte Karten. Ich haßte Karten. Außer es steckten Nadeln drin, und sie hingen an einer Wand im Pentagon, und ich erläuterte mit einem Zeigestab den Führern unserer Regierung, wo, meiner Meinung nach, die Riesenameisen angreifen würden. Ich haßte Karten. Boris erhielt sich ein höfliches Interesse und trank seinen Tomatensaft.

»Damit bleiben elf Kuhdörfer, wie du es ausdrückst, Ratso, übrig, die Hank Williams in der letzten Nacht seines Lebens passierte: Rutledge, Bristol, Cedarville, Chilhowie, Marion, Wytheville, Bluefield –«

»Schon gut, schon gut«, sagte Ratso gereizt. »Laß es gut sein. Was ist nun der Sinn der Übung?«

»Der Punkt, Ratso«, sagte ich ein wenig unfreundlich, »ist genau oben auf deinem Kopf.« Ich kippte das Glas runter.

»Nun los, mach schon«, sagte Ratso ungeduldig. »Weshalb muß man all diese kleinen Orte nennen, durch die Hank gekommen ist?«

»Es gibt ein Foto von Hank, das jemand in einem dieser Orte aufgenommen hat. Das ist das Foto, das jetzt aus dem Lone Star Café verschwunden ist, und ich glaube, es spielt die zentrale Rolle in diesem Fall. Es ist das Foto von zwei kleinen Jungen und Hank vor HOWIE'S #1 BBQ, datiert 31. Dezember 1952. Es ist eine schwache Spur, aber wenn wir den Ort finden, können wir die Gerichtsakten überprüfen, soweit welche existieren, und verifizieren, welcher von unsern kleinen Freunden damals dort war.«

»Das kann dauern«, sagte Ratso. Unglücklicherweise hatte er recht. Und die Zeit wurde knapp.

Boris trank noch einen Tomatensaft, entschied, daß zwei genug wären, und ging, nachdem er versprochen hatte, am Mittwoch abend im Lone Star zu sein.

»Da ist noch eine Sache, Ratso«, sagte ich, während wir an der Bar saßen und der Straßenatlas einsam vor uns lag wie eine verlassene Frau. Ich blätterte im Big-Chief-Block bis zu den Notizen, die ich mir bei meinem Telefonat mit Charles Ansell gemacht hatte. »Der führende Psychoanalytiker des San Fernando Valley meint, es sei schwer, ›die Phantasien eines Psychopathen zu entziffern‹. Meint, sie ›verschmelzen oft – werden eine andere Person‹. Er meint, ›Psychopathen verändern sich nicht mit der Zeit, sie sind zeitlos, sie überwinden es nie. Es gibt ein auslösendes Trauma, von dem sie sich niemals erholen. Beispielsweise, einer sieht, wie seine Mutter sich aufhängt, und Jahre später hängt er seine Frau auf.‹«

»Das ist verständlich«, sagte Ratso. Tommy brachte uns eine neue Runde.

»Okay«, sagte ich, »Ansell meint, es bestünde hier wohl ein ›selbst auferlegter Schuldkomplex‹. Und damit enden unsere Kenntnisse. Aber im Fall des Killers hat das Trauma fast sicher seinen Ursprung in der Kindheit und hat ihn, in Ansells Worten, ›als Kind bewahrt‹.«

»Hört sich an wie du«, sagte Ratso.

»Außerdem«, sagte ich, »ist er davon besessen, daß niemand Hanks Erfolg in den Schatten stellt. Er ist Hanks Reinkarnation. Er fühlt sich bedroht, wenn er meint, Hank würde sich bedroht gefühlt haben. Grundmotive für Mord verstehen wir. Habgier, Eifersucht et cetera. Aber psychologische Motivationen sind sehr viel schwerer zu erschließen. Das ist Ansells Meinung. Ich meine, es läuft auf eine böse Überraschung mit einem ziemlich einfach gestrickten Beweggrund hinaus.«

»Du hättest Psychologe werden sollen«, sagte Ratso. »Du hast deine Berufung verfehlt.«

»Vielleicht war ich gerade beim Minigolf«, sagte ich.

Ich streute Zigarrenasche auf den Straßenatlas. Es ging schon verdammt auf drei Uhr morgens zu. Bei meinem letzten Ausflug auf das Herrenklo hatte ich zufällig mein Gesicht im Spiegel erblickt. Meine Augen begannen langsam wie ein Straßenatlas auszusehen. Ein alter, mit vielen Straßen und Highways, die es längst nicht mehr gab.

Ich trank noch, hatte das Denken aber eingestellt. Ratso plauderte mit der Frau, der mein Zigarrenqualm mißfallen hatte. Mick Brennan kam rüber, stellte einen kalten Humpen Heineken mitten auf meinen Straßenatlas und begab sich aufs Herrenklo.

»Dammtnochmal, Brennan«, sagte ich. Ich entfernte den Humpen von der Oberfläche der Karte. Jetzt war ein dunkler Kreis, wo er gestanden hatte. Er spannte sich von Chilhowie bis Oak Hill. Ich starrte einen Moment stumm auf den Kreis. Dann sagte ich: »Jesus Christus . . . Ratso . . . das ist es. Ich hab's.« Ich lächelte ein leicht schiefes Grinsen in den Spiegel hinter der Bar.

»Was hast du?« fragte Ratso. »Außer Herpes, meine ich.«

Ich entfaltete den Straßenatlas und suchte den Big-Chief-Block zusammen. »Ich hab die Antwort«, sagte ich. »Ich werde es gleich morgen früh überprüfen, und Mittwoch abend werde ich dann versuchen, diesem widerlichen, kleinen Aas eine Falle zu stellen.« Ich stand ein wenig wacklig auf und legte zwanzig Dollar auf den Tresen. Ich war breit wie eine Flunder.

»Da bin ich aber froh«, sagte Ratso wenig überzeugend, »aber Sherlock, mußt du erst so angeschlagen sein, um einen Fall zu lösen?«

Die Frau, der mein Zigarrenqualm mißfallen hatte, hatte sich wie Zigarrenqualm in Luft aufgelöst. Andere, mir bedeutend liebere Menschen waren in ähnlicher Weise aus meinem Leben verschwunden.

»Mein lieber Ratso«, sagte ich, »du weißt doch, was Oscar Wilde dazu gesagt hat?«

»Nein«, sagte Ratso, »was hat er gesagt?«

»›Wir alle liegen in der Gosse, doch einige von uns blikken in die Sterne.‹«

43

Ich ließ am frühen Montagmorgen einen kurzen Schauer von Telefonanrufen los. Ich rief das Büro des Standesamts im Gerichtsgebäude einer kleinen Kreisstadt in Virginia an. Ja, Virginia, es gibt in New York eine Person, die sich für Hank Williams hält und sich die Zeit mit Morden vertreibt. Ja, Virginia, es sind schon drei Leichen im Zusammenhang mit dem Lone Star Café angefallen, und nun werde ich selbst dort auftreten. Ja, Virginia, raffinierter Zug.

Ich bekam die Information, die ich aus Virginia haben wollte, und ich war ein wenig überrascht von dem, was ich erfuhr. Nur ein *wenig* überrascht.

Ich rief meinen Bruder Roger an, der in Maryland lebte, und lud ihn zur Show am Silvester-Abend ein. Es wurde abgemacht, daß er direkt vom Bahnhof Penn Station zum Lone Star kommen sollte, um mich dort zu treffen. Ich rief Cleve an, um ihn zu informieren, daß Roger kommen würde, damit er ihn auf die Gästeliste beim Einlaß setzte. Ich rief Rambam an und sagte ihm, wann und wo er nach dem verschwundenen Foto suchen sollte.

Dann bedachte ich, in was für eine Sache ich mich gerade stürzte, und geriet beinahe in verdammte Panik.

Ein großer Schluck Jameson beruhigte mich ein wenig. Wenn ich jetzt New York verlassen würde, müßte ich doch eines Tages zurückkehren und mein Gesicht zeigen, und das wäre dann schwierig. Wenn man erst einmal in New York City gelebt hat, dann kommt man so schnell nicht wieder fort. Die Stadt ruft dich immer wieder zurück, wie ein perverses Hawaii.

Ich würde bleiben, beschloß ich. Wollte nicht, daß mich irgendwer eine Zitterbacke nannte. Wollte nicht, daß irgendwer behauptete, ich hätte kein Haar auf dem Arsch. Wenn natürlich was schiefgehen würde, so wären das zwei ziemlich blöde Gründe zu sterben. Ich mußte das Risiko eingehen.

Aber angenommen, ich würde getötet oder schwer verletzt, wer würde sich dann um die Katze kümmern?

Ich rief Ratso an. Er wollte die Katze nicht. Selbst für ein paar Tage nicht. Er befürchtete, die Katze würde auf seine zehntausend Bücher über Jesus, Bob Dylan und Hitler pissen. Ich sagte ihm, früher oder später würden Katzen auf alles pissen. Später, sagte er. Was für ein Freund.

Ich begann McGovern anzurufen, überlegte es mir dann aber anders. Man konnte guten Gewissens keine Katze bei McGovern lassen. Das würde man nicht mal einem Hund antun.

Ich rief Mick Brennan an.

»Mick«, sagte ich, »würde es dir etwas ausmachen, die Katze ein paar Tage zu übernehmen?«

»Selbst für dein Leben nicht, Kumpel«, sagte er mit ruhiger, ernster Stimme.

»Herzlichen Dank«, sagte ich, »du eigensüchtiges, egoistisches Arschloch.« Alle meine Freunde zeigten jetzt deutlich, wie sie zu mir standen.

»Schau mal, Kumpel«, sagte Brennan, »wie heißt noch die lesbische Tante, die den Tanzkurs im Loft über dir veranstaltet?«

»Winnie Katz«, sagte ich gereizt. »Was interessiert dich das?«

»Nicht mich, Kumpel«, sagte er, »aber vielleicht hat sie nichts dagegen, sich um eine kleine Muschi zu kümmern.« Brennan lachte. Ich dachte darüber nach. Es sprach so manches dafür. Es war sicher angenehmer, als die Katze in einen Transportkorb zu packen und sie eine ganze Strecke weit uptown zu transportieren, während sie geraume Zeit auf der Hinterbank eines Taxi kämpfte und kratzte, wie ich es schon erlebt hatte.

Ich dankte Mick und legte auf und rief Winnie an. Sie kam etwas außer Atem an den Apparat. Aber das ging mich nichts an.

»Winnie?«

»Ja.«

»Hier ist Kinky von unten.«

»Ja?« Ich hoffte, ich hätte sie nicht beim Unterricht oder bei etwas anderem gestört.

»Ich muß eventuell ein paar Tage entschwinden. Ich

wollte nur wissen, ob du dich vielleicht in meiner Abwesenheit um meine Katze kümmern würdest?«

Es herrschte ein paar Augenblicke Stille in der Leitung. Dann fragte sie: »Ist die Katze ein Weibchen?«

»Natürlich«, sagte ich.

»Ich hätte es nicht gerne, wenn ein Kater hier oben alles bespritzen würde. Oder die Stangen zerkratzen.«

»Ich versteh, was du meinst«, sagte ich mißbilligend.

Es trat wieder Stille ein. Diesmal etwas länger. Dann sagte sie, »Okay, ich nehm sie.« Interessante Wortwahl.

»Klasse«, sagte ich. »Heute ist Montag. Ich werde sie Mittwoch morgen vorbeibringen.« Ich dankte ihr noch einmal und legte auf.

Die Katze schlief auf dem Schreibtisch unter ihrer Wärmelampe. Ich streichelte ihr den Kopf und sagte: »Du wirst eine tolle Zeit haben. Du wirst in guten, sicheren, erfahrenen Händen sein. Jetzt mußt du nicht im Transportkörbchen auf der Hinterbank eines Taxis verreisen, wo deine Augen grün werden und wie Satan blitzen. Es ist das beste für alle. Glaub mir.«

Die Katze schlief wieder ein. Ich zündete eine Zigarre an und wählte Uptown Judy. Wir verabredeten, uns am gleichen Abend im Loft zu treffen. Ich legte auf.

44

Uptown Judys Platte von *Carmen* lag auf meinem Plattenspieler. Uptown Judy lag auf meinem Bett. Sie trug ein blaues Kleid, das bisweilen beiseite rutschte und pulverblaue Höschen sehen ließ. Mir gefielen Mädchen mit einem feinen Sinn für Farbkoordinierung.

Ich trug ein Sweatshirt aus West Point und meinen alten

Sarong aus Borneo. Eine berauschende Mischung aus Härte und Sensibilität, sehr wichtig in der heutigen Welt.

Ich schaltete das Licht aus, ging zum Bett hinüber, zog Sweatshirt und Sarong aus. Im Dämmerlicht konnte ich die Katze, fast schmerzlich, sehen, die oben auf meinem Koffer schlief. Ich schlüpfte unter die Decke. Uptown Judy hatte, sozusagen, abgelegt und schälte sich nun aus dem Höschen und kickte es in die Dunkelheit.

Ich rutschte ein wenig näher an sie heran.

»Näher«, sagte sie.

»Ich kann nicht noch näher kommen, ohne dir die Mandeln zu entfernen«, sagte ich.

Wenn man nur fest genug in seiner Männlichkeit verwurzelt ist, macht es einem nicht viel aus, eine Frau über sich zu haben. Es ist sehr viel entspannender, es ist oft für beide Seiten viel angenehmer, und man hat einen besseren Überblick, was läuft. Aber man sollte es nicht zur Gewohnheit werden lassen, oder man könnte zum Schlappschwanz werden.

Später nahm ich eine Haarbürste und strich mir in der schwachen Reflexion des Spiegels an der Schlafzimmertür mehrmals durch das Moos. Mein Moos sah ziemlich gleich aus, ob man es bürstete oder nicht. Es war eigentlich nur ein privates Ritual, das Haar zu bürsten, ehe ich ins Bett ging. Das Leben ist voller Dinge, die weniger Sinn haben als das.

»Warum bürstest du dir die Haare, ehe du ins Bett gehst?« fragte Uptown Judy.

Das war eine schwere Frage, und ich war nicht sicher, ob ich eine Antwort wußte. Es war weniger eine Frage der Eitelkeit. Ich glaube, ich wollte nur sichergehen, daß ich wirklich da war. Mit einem leichten Schauer bedachte ich die Möglichkeit, daß ich nach Mittwoch abend nie wieder da sein würde. Nur eine einsame Bürste würde durch die Spinnweben eines einsamen Lofts streichen.

Ich blinzelte zum friedvollen Körper unter der Bettdecke

hinüber. Es war eine Frau, die in einem Bett in Nordamerika lag. Warum sollte ich Uptown Judy mit meinen Problemen belasten? Ich streichelte der Katze den Kopf und stieg wieder ins Bett.

»Ich möchte auf dem Kopfkissen einen guten Eindruck hinterlassen«, sagte ich.

45

Ich nahm das Katzenklo und eine Wochenration Katzenfutter und packte alles in den Lastenaufzug. Dann holte ich auch die Katze, und mit all unserer Reiseausrüstung fuhren wir beide hinauf zu Winnie Katz.

Ah, Insel Lesbos. Wie fremd und süß du bist. Verboten und zart, dein Charme. Vergiß es, Seemann!

»Herein«, sagte eine Stimme. Ich trat ein, schloß die Tür und setzte die Katze ab. Winnie saß an ihrem Küchentisch, aß eine Schale Beerenmüsli und trank Kräutertee. Ein kleines, einsames Mädchen in einem großen, einsamen Raum.

»Setz dich«, sagte sie. »Es kommt nur selten vor, daß sich einer deiner Sorte hierher verläuft.« Ich tat so, als verstünde ich es nicht, aber glaubte nicht, daß sie es mir abnahm.

»Beerenmüsli«, sagte sie ein bißchen abschätzig. »Vor langer Zeit war meine Haltung den Männern gegenüber . . .« Sie machte eine Pause. Sie hatte »Männer« viel abschätziger ausgesprochen als »Beerenmüsli«. Sie aß ein wenig Beerenmüsli.

»Vor langer Zeit war meine Haltung den Männern gegenüber ›vögel sie und fütter sie mit Beerenmüsli‹.« Sie musterte mich beiläufig und kühl von Kopf bis Fuß.

»Und wie ist heute deine Haltung?« fragte ich. Mir war nicht klar, ob ich es wirklich wissen wollte.

Sie schlürfte etwas Kräutertee und nahm sich Zeit. Dann schaute sie mich an, als sei ich eine Lampe, und sagte: »Fütter sie mit Beerenmüsli.«

Das war keine sehr gesunde Haltung, aber die Welt war auch nicht sehr gesund. Wie dem auch sei, es war zu spät, um für die Katze etwas anderes zu finden. Ich mußte es durchstehen. Ich stand auf und trat ans Fenster und schaute hinunter auf eine Limousine, die neben drei Müllwagen geparkt war. Take me home, country roads.

»Warst du schon jemals bei einer Schwester Sapphos, Kinky?« fragte sie.

»Nein«, sagte ich, »aber ich habe schon eine Anzahl Frauen ausgeführt, die deine Haltung Beerenmüsli gegenüber teilen.«

Winnie stand vom Tisch auf und kam zum Fenster herüber.

»Du bist ziemlich offen heraus, Kinky«, sagte sie.

»Darum nennt man mich auch Kinky«, sagte ich.

»Wie nennen Leute wie du Leute wie mich?« fragte sie. Sie hatte ein lauwarmes, lesbianisches Lächeln auf den Lippen, was ich als Sinn für Humor mißverstand. »Lesben?« fragte sie. »Kesse Väter?«

Ich lächelte mein intersexuell eisbrechendes Lächeln. »Was hältst du von Spaltschleckern?« fragte ich.

Sie lachte nicht. Sie nickte jedoch ein paarmal mit dem Kopf, als ob sie Männer verstehen würde. Vielleicht sind ja Lesben die einzigen, die es taten. Sie gefiel mir zunehmend. In der Morgensonne, die durch das Fenster hereinfiel, sah sie weich und kleinstadtattraktiv aus. Ich stellte fest, daß ich ein Mitgefühl für sie entwickelte. Vielleicht mehr. Ich wußte nicht, wie ich ihr auf Wiedersehen sagen sollte. Ich meinte, ein alt-brüderlicher Abschieds-Handschlag wäre vielleicht angebracht, also streckte ich die Hand aus. Winnie schaute sie nicht einmal an.

Sie verkreuzte die Arme vor der Brust. Das sapphische Lächeln war wieder auf ihren Lippen.

»Die Katze bleibt«, sagte sie. »Du gehst.«

46

Die graugrünen Reptilschuppen auf der Kreatur glimmerten obszön in den Lichtreflexen der Stadt. Das Ding schien eigenes Leben zu entwickeln.

»Bill Dick hat eine dicke Eidechse«, sagte Ratso. Es war zwischen den Auftritten. Wir standen auf dem Balkon des zweiten Stockwerks des Lone Star Cafés. Ich lebte noch.

»Ja, das hat er«, sagte ich. Unwillkürlich schüttelte mich ein Schauer. Ich hatte ein paar getrunken und versuchte, mich für den zweiten Auftritt in Gang zu kriegen, der erst in über einer Stunde anstand.

»Klasse Show«, sagte Larry Campbell. Campbell war unter Umständen der beste Allround-Musiker der Stadt. Er konnte jegliches Instrument spielen, das in der westlichen Kultur bekannt war, und einige andere mehr. Er war von Dicks Eidechse nicht übermäßig begeistert.

»Ihr Jungs wart in Form«, sagte ich.

»Anständig«, sagte Campbell, »anständig.« Er übernahm damit einen Ausdruck der Eishockeyspieler der New York Rangers, die oft vorbeikamen, um sich die Show anzuschauen. Für sie war alles auf der Welt entweder »anständig« oder »brutal«. Keine schlechte Art und Weise, die Welt zu betrachten, meinte ich. Der heutige Abend würde, meiner Ansicht nach, eher in die brutale Abteilung fallen.

Campbell ging zurück in die Garderobe, um mit ein paar jungen weiblichen Fans zu plaudern. Im Lone Star gab es keine Weltklasse-Groupies. Ich wußte nicht mal, ob so was überhaupt existierte. Groupies sind Groupies. Alter, Geschlecht, Interessengebiet spielen keine Rolle. Bewunderung ist eine Sache, aber Verehrung kann dir die Hosen vor Langeweile abpellen lassen, manchmal sogar im wahrsten Sinne des Wortes.

Es war ungefähr Viertel nach elf. Noch früh. Es war Silvester-Abend, und New York war auch sonst eine späte Stadt. Die einzigen noch späteren waren vermutlich Vegas und das antike Rom. Also war ich nicht besorgt, daß ich Simmons, Flippo und Gunner noch nicht gesehen hatte. Sie waren möglicherweise die ganze Zeit schon da. Unten herrschte der Wahnsinn. Anderthalb Zoos. Wo zum Teufel war Rambam?

Ratso nahm einen Zug von meinem Molson und lächelte. »Nun«, sagte er, »wir sind schon halb daheim.«

»Wo zum Teufel ist Simmons?« fragte ich. »Dachte, er wollte heute abend ein paar Songs singen?«

»Keine Angst«, sagte Ratso, »er ist da. Hat mir gesagt, du sollst ihm nur Bescheid sagen. Er sagte, er würde singen, ›wenn's dem lieben Gott gefällig ist und das Flüßchen nicht über die Ufer tritt‹. Netter Spruch.«

»Du weißt doch sicher, wer das immer zu sagen pflegte?« fragte ich.

»Nein«, sagte Ratso, »wer war es?«

»Hank Williams benutzte den Spruch immer am Ende seiner Rundfunk-Shows.«

»Das ist schön«, sagte Ratso.

»Was ist daran so schön?« fragte ich.

»Ich hatte schon Angst«, sagte Ratso und nahm noch einen Schluck von meinem Molson, »daß es Oscar Wilde sein würde.«

Cleve hatte offenbar mit Ratso gesprochen. Es hatte schon ein kleines Problem mit den beiden Judys gegeben. Beider

Namen waren auf der Gästeliste gewesen, und Uptown Judy, die als erste kam, hatte kein Problem reinzukommen. Aber als Downtown Judy erschien, hatte ihr der Kerl an der Tür, nicht gerade ein Raketenwissenschaftler, gesagt: »Ich glaub, du bist schon drin.«

Downtown Judy war ein wenig unruhig geworden. Der Kerl an der Tür hatte Cleve holen lassen. Cleve hatte Ratso kommen lassen, und Ratso hatte dem Kerl gezeigt, daß sich zwei Judys auf der Liste befanden. Downtown Judy hatte sich sodann höchst erregt, und zu etwa dem Zeitpunkt hatte Ratso, wie er mir berichtete, seine Super-Idee. Er sagte zu ihr: »Kinky wollte nicht, daß du Probleme hast reinzukommen, deshalb hat er dich zweimal auf die Liste setzen lassen.«

Der Betrieb in der Künstlergarderobe war wahnsinniger als in einer Methadon-Klinik bei Dienstschluß, und der Überschuß ergoß sich auf den offenen Dachgarten. Der Leguan sah so aus, als wollte er nicht noch mehr Gesellschaft, und das tat ich auch. Außer Rambam. Wo zum Teufel war Rambam?

Ich versuchte mich zu beruhigen und Inventur zu machen. Cleve, Bill Dick und Simmons waren alle da, auch wenn ich nur Cleve gesehen hatte. Wo Flippo und Gunner waren, wußte keiner. Durch die Tür der Garderobe konnte ich sehen, wie sich Patrick, der Rausschmeißer, im Flur mit einer großen, untersetzten Gestalt unterhielt. Sergeant Cooperman. Meine Verstärkung war eingetroffen. Sehr beruhigend.

Ich dachte mir, wenn ich nur lange genug an einem Platz bliebe, dann könnten mich alle finden. Alle. Selbst Hank Williams und Kaw-liga, der Indianer aus Holz. Kein Sinn, runterzugehen, wo die Menge brodelte. Es ist sowieso niemals empfehlenswert, sich unters Volk zu begeben, wenn man auftritt. Trägt nur zu Entmystifizierung bei.

Ich wollte gerade in die Garderobe, um mir noch einen Molson zu holen. Ich war gerade durch die Tür getreten, als mich Bill Dick erwischte.

»Kinkster«, sagte Bill Dick, »ich möchte, daß du den Anwalt des Clubs kennenlernst.« Er stellte mich einem ziemlich glatt aussehenden Kerl mit Goldkettchen und italienischem Namen vor, den Thurmon Munson sich gleich beim ersten Mal gemerkt hätte.

Wir plauderten ein paar Minuten. Der Karl war für einen Anwalt ziemlich witzig. »Möchte Ihnen meine Frau Mary vorstellen«, sagte er. »Sie ist Irin. Es geht aufwärts mit mir.«

Das einzige, wohin es mit mir aufwärtsging, waren die Wände. Ich wurde langsam richtig nervös. Ich schaute mich in der Garderobe um. Sal Lorello, mein schmucker ehemaliger Manager, kam aus Chappaqua zur Show. Nick »Chinga« Chavin, ehemaliger Country-Sänger, jetzt in der Werbung. Earl Shuman, Musikverleger und selbst Autor einiger großartiger Songs. Corky Laing, Rock-Drummer der Weltklasse. Fand ihn im Kongo, spielte auf der Bongo.

Ich nahm mir den Molson und ging wieder nach draußen auf den Dachgarten. Mußte mich gerade jetzt von den harten Sachen fernhalten. Mußte mich in Stimmung bringen. Durfte nicht zu früh den Höhepunkt erreichen. So hätte ich vor jeder Show denken können. Unglücklicherweise ging es heute nicht um Musik. Es ging um Mord.

McGovern und mein Bruder Roger standen an den Leguan gelehnt und unterhielten sich. McGovern hielt einen Wodka-Tonic in einer bedenklichen Balance auf dem dritten Zehennagel der linken Pfote des Ungetüms.

»Ich bin hier zur moralischen Unterstützung«, sagte Roger.

»Wird schon nichts passieren«, sagte Ratso ruhig. »Nichts wird passieren.«

McGovern sagte gar nichts. Er mußte gar nichts sagen.

Sein Gesicht verriet, daß etwas passieren würde. Und McGovern war ein höchst akkurater Paranoiker. Nahezu ein Fachidiot, wenn es darum ging, Gefahr zu erspüren. Er sah verteufelt besorgt aus, und das machte mich verteufelt besorgt. Das machte es mir ein wenig schwer zu überlegen, mit welchem Song ich meinen zweiten Set beginnen wollte.

Es war kalt auf dem Dachgarten. Es war heiß in der Garderobe. Aber ich war noch am Leben.

Es gab immer einen positiven Aspekt.

47

Ich konnte nicht viel anderes tun, als wie alle anderen herumzustehen und den Leguan anzuschauen. Tolle Art, ein Jahr zu beenden.

Aber ich mußte allen Ärger vermeiden, wie man so sagt. »Ärgern Sie den Ärger nicht, ehe der Ärger nicht Sie ärgert, Mr. Hank«, wie der Pförtner des Sanatoriums zu Hank Williams gesagt hat. Erstaunlich, wieviel aus Flippos Buch haften bleibt.

Ich trat an die Kante des Dachgartens, von wo man die Fifth Avenue überblicken konnte. Autoscheinwerfer eilten die Avenue hinunter, um nicht zu spät zu kommen auf ihrem anrührenden Weg, das alte Jahr aus- und das neue einzuläuten. Sie taten es jedes Jahr. Aber es gab nichts Neues in New York, dachte ich. Ein paar neue Penner auf der Bowery. Vielleicht waren ihre Neujahrs-Vorsätze vom Vorjahr noch nicht eingetroffen. Und dennoch gibt man die Hoffnung nicht auf . . .

Ein Schatten schob sich neben mich.

Er kam mir sehr nahe, griff in die Falten eines Mantels und reichte mir eine Gideon-Bibel. Es war Rambam.

»Ich hab's«, sagte er. »Hab den alten Blue-Jeans-und-Eiskübel-Trick angewandt.«

»Ach, der«, sagte ich, während mein Puls etwas herabging. »Was zum Teufel ist der alte Blue-Jeans-und-Eiskübel-Trick?«

»Nun, du sagtest, er sei neulich ins Gramercy Park Hotel gezogen. Wenn man also in ein Hotelzimmer rein will, besorgt man sich die Zimmernummer beim Portier. Details erspar ich mir. Also, du besorgst dir die Zimmernummer. Dann gehst du in das Stockwerk, wo das Zimmer liegt. Du ziehst dir Schuhe, Socken und Hemd aus und läßt sie im Treppenhaus. Dann besorgst du dir einen Kübel mit Eis und läufst in Blue Jeans, dem Eiskübel und einem verwirrten Gesichtsausdruck herum, bis du ein Hausmädchen oder einen Hotelangestellten findest, den du um Hilfe bittest, du hättest dich aus deinem Zimmer ausgeschlossen. Haut immer hin.«

Ich schaute Rambam an. Er grinste. »Klappt immer«, sagte er.

»Was hast du gefunden?« fragte ich.

»Ein verdammtes Hank-Williams-Museum«, sagte Rambam.

»Und das Foto?«

Rambam zog eine Zimmer-Speisekarte unter seinem Mantel hervor und klappte sie auf. Da war HOWIE'S #1 BBQ, die beiden Jungen und der gute alte Hank. Da war die Unterschrift und das Datum, 31. Dezember 1952.

»Was haste da?« fragte Ratso. Rambam wollte sofort die Speisekarte mit dem Foto zuklappen, aber ich hielt ihn auf.

»Macht nichts, wenn sie es sehen«, sagte ich. McGovern und Roger kamen ebenfalls herüber. Sie betrachteten das Foto.

»Das ist womöglich das letzte Autogramm, das er jemals gegeben hat«, sagte McGovern.

»Kann ne Menge wert sein«, sagte Ratso.

Der Mond stieg langsam über dem Chrysler Building empor und verlieh dem alten Schwarzweiß-Foto einen unheimlichen Schimmer.

Die Kinder auf dem Foto hatten jenes linkische, ertappte, reizende Aussehen, das man bei Kindern in den 50er Jahren häufig findet. Wie die Kinder im Publikum bei Groucho Marx oder *Beaver Cleaver und seine Freunde*.

»Wer sind die Jungen?« fragte McGovern mit einem Lachen.

»Weiß ich nicht«, sagte ich, »aber ich bin ziemlich sicher . . .« Meine Stimme verhallte, als ich das Foto genauer betrachtete.

»Yeah?« fragte Ratso. »Worüber bist du dir ziemlich sicher?«

»Daß einer der kleinen Jungen heute abend versuchen wird, mich zu ermorden.«

48

»Noch fünf Minuten, Mr. Jolson«, sagte Cleve an der Garderobentür.

»Mein Gott«, sagte ich. Eine verdammt tolle Art, ein neues Jahr zu beginnen. Eine Stunde lang vor einem Irrenhaus voller Nachwuchs-Brontosaurier aufzutreten und gleichzeitig zu vermeiden, von einem verrückten Killer ermordet zu werden.

Ich zog meine Jesus-Jacke von Nudies of Hollywood an, die Bob Dylan mir geschenkt hatte. Sie hatte Stickereien von Palmen, Regenbogen, Bildern von Jesus und drei Kreuze auf dem Rücken. Die beiden äußeren Kreuze waren besetzt, aber das mittlere war leer. Entweder war der Herr auferstanden oder er war mal einen Donut holen gegangen. Die religiöse Symbolik störte mich nicht, nur daß die verdammte Jacke zu schwer war, um auf der Bühne getragen zu werden. Hatte genug Stickereien, um einen Leguan zu ersticken.

Ich hängte meine Gitarre um.

Ich ging den langen, engen Flur im zweiten Stock hinunter. Die Band war bereits auf der Bühne, und ich konnte hören, wie Larry Campbell sie in »Exodus« führte und geschickt in »Spurs That Jingle Jangle Jingle« überleitete. Tolles Medley.

Auf der Treppe zum ersten Stockwerk stieß ich auf Boris und Patrick, die mich bis direkt zur Bühne begleiteten. Bodyguards zu haben verleiht nicht nur Sicherheit, sondern auch das Gefühl von Wichtigkeit. Wie dem Führer eines kleinen afrikanischen Landes.

Der Auftritt lief außerordentlich gut. Es waren nur fünfundvierzig Minuten meiner Lebenszeit – fünfzig, wenn man die Zugabe mitzählt –, und es bot anderen Unterhaltung und Freude. Ich war nicht Judy Garland, aber ich war nicht schlecht.

Ich spielte all die alten Lieblingssongs. »They Ain't Makin' Jews Like Jesus Anymore«, »Get Your Biscuits in the Oven and Your Buns in the Bed«, »The Ballad of Charles Whitman«, »Sold American«, »Ride 'Em Jewboy«, »Waitress, Please Waitress, Come Sit on My Face«, »Ol' Shep«, »Ira Hayes« and »Ol' Ben Lucas«.

Es gab am Ende von »They Ain't Makin' Jews Like Jesus Anymore« einen ziemlich ergreifenden Augenblick, als ich Lee Frazier, Amerikas Lieblingsneger, und John A. Walsh, Amerikas einflußreichsten Albino, auf die Bühne holte und wir drei gemeinsam sangen. Das war der sogenannte »Brüder gemeinsam«-Teil der Show.

Etwa zu diesem Zeitpunkt kam Chet Flippo an die Bühne. Boris und Patrick nahmen ihn direkt vor dem Mittel-Mikrophon in die Mangel, aber er hatte lediglich einen Zettel mit einem Song-Wunsch dabei. Boris reichte ihn mir herauf. Er lautete: »Spiel ›Proud to Be an Asshole from El Paso‹.«

Ich lehne einen sinnvollen Wunsch niemals ab. Ich spielte den Song. Flippo war sowieso aus dem Spiel. Das wußte ich, seit Rambam mit dem Foto aufgetaucht war.

Ich rief Mike Simmons auf die Bühne, und er sang »Your Cheatin' Heart« und einige andere Melodien, die beim Publikum gut ankamen. Als Simmons von der Bühne ging, sagte er zu mir: »Muß dich gleich nach der Show sehen.«

»Fein«, sagte ich. Es hätte mir nichts ausgemacht, John Wayne Gacey nach der Show zu sehen. Nur vor der Show wollte ich nicht umgelegt werden. Hatte mich einstimmen müssen.

Ich spielte noch ein paar Songs, erklärte dem Publikum, es sei mir eine finanzielle Freude gewesen, und ermahnte sie, beim Fahren die Autos nicht zu vergessen. Ich beendete die Show mit »Before All Hell Breaks Loose«.

Siebenundzwanzig Minuten später tat sie das.

49

Gunner war in der Garderobe, als ich dort ankam. Sie saß auf der abgetakelten Couch, die Beine übereinandergeschlagen, und rauchte eine Zigarette.

»Toller Auftritt, Kinky«, sagte sie.

Ich lehnte die Gitarre gegen die Wand. »Wieder eine Show in der Arschtasche«, sagte ich.

Ich begann meine Jesus-Jacke abzulegen, aber entschied mich dagegen. Sie konnte mir eventuell etwas Schub geben, wohin ich auch immer als nächstes gehen würde. Der Rest der Band kam in die Garderobe, außerdem Simmons, Downtown Judy und ein paar andere. Es war eine lange Nacht, und sie war noch nicht vorüber.

Ich trat nach draußen auf den Dachgarten, um unter dem Kinn des Leguans eine einsame Zigarre zu rauchen. Boris stand jetzt an der Garderobentür und hielt ein wachsames Auge auf mich gerichtet. Komisch, wie man im Musik-Business entweder von Leuten umschwärmt oder mit einer Zigarre und einem Leguan völlig allein gelassen wird. Es schien kein Mittelfeld zu geben. Ich war einmal der Meinung, allein allein zu sein sei besser, als in einer Menge allein zu sein. Nun erkannte ich, daß der Unterschied nur verdammt gering war.

Vielleicht war Gott nur ein netter jüdischer Zahnarzt, und ›Time‹ und ›Life‹ und ›People‹ waren nur Sachen, die man flüchtig und kurz in seinem nett möblierten, antiseptischen Wartezimmer betrachtete, beschallt von ein bißchen Barry-Antelope-Musik.

Ich paffte meine Zigarre und suchte nach einem einzelnen, verirrten Stern irgendwo zwischen Trump Tower und World Trade Center. Ich entdeckte einen und wünschte mir was. Eines Tages wird vielleicht auch mal Jiminy Cricket aus der Schnitzerei treten. Und wenn niemand ihn aus Versehen für eine Kakerlake hält und plattmacht, dann werde ich wohl groß im Geschäft sein.

Ich ging zurück in die inzwischen dichtgefüllte Garderobe, ging zu meinem Gitarrenkoffer und entnahm ihm die Speisekarte und den Straßenatlas. Ich ging mit Boris nach unten, um Cooperman und Fox zu suchen. Ehe ich die Garderobe verließ, bat mich Simmons, ihn in einer Stunde im Marylou's zu treffen. Ich sagte ihm zu.

Lee Frazier schloß mir die Hintertür zum Basement auf. Ich postierte Boris in der Cheftoilette und sagte ihm, daß er beim ersten Klang von Ärger angeflogen kommen sollte. Dann traf ich Cooperman und Fox auf der Hintertreppe des Clubs. Wir einigten uns darauf, daß sie das Basement unter scharfer Beobachtung halten und im Notfall eingreifen würden. Ich durchquerte das Basement zum Büro des Managers und klopfte an die Tür.

50

»Eine Minute, bitte«, antwortete eine bekannte Stimme. Dann öffnete sich die Tür. »Komm doch rein«, sagte Cleve. »Willst du dein Geld?«

»Das war eine Idee, die ich hatte.« Wir waren im kleinen Büro allein. Cleve ging zur Tür und legte den Riegel vor.

»Setz dich«, sagte er. »Ich zähle noch die Einnahmen. Du raubst mich richtig aus, heute. Du kriegst deine fünf, und wir sind beim Eintritt in die Prozente geraten. Eine wahre finanzielle Freude für dich, Kumpel.« Cleve lachte ein freundliches Lachen.

»Musik in meinen Ohren«, sagte ich. Cleve zählte das Geld, und ich zählte die Kugeln eines unsichtbaren Rosenkranzes der Angst und wurde verdammt nervös.

»Hast du Flippos Buch gelesen?« fragte ich.

»Yeah«, sagte Cleve. »Er hat da einigen ungenauen Scheiß drin, aber im ganzen ist es nicht schlecht. Wenn man sich für Hank Williams interessiert.« Er zählte weiter die Scheine. Ich paffte weiter meine Zigarre.

»Cleve«, sagte ich, »laß das doch mal für ne Minute liegen. Vergiß das Geld. Das einzige, was zählt, ist die Münze des Geistes. Schau dir doch mal diese Karte an.«

Cleve breitete den Straßenatlas auf dem Schreibtisch aus. »Was soll das?« fragte er. »Hast du vor zu verreisen?«

»Nicht ganz«, sagte ich. »Kommt dir was bekannt vor?« Ich zeigte auf die Gegend Virginia/West Virginia – Hanks letzte Fahrt.

»Yeah«, sagte Cleve mit einem kleinen Lächeln.

»Ich weiß«, sagte ich. »Chilhowie, um ganz genau zu sein.«

»Woher weißt du das?« fragte Cleve, während sich ein Hauch Unsicherheit in seine Stimme einschlich. Der Raum war heiß. Er wirkte inzwischen auch verdammt kleiner als vorhin, als ich ihn betreten hatte. Meine Augen gingen schnell, fast unbewußt, zum Riegel an der Tür, was auch bei Cleve nicht unbemerkt blieb.

»Dafür kannst du Mick Brennan danken«, sagte ich. »Er hat letzten Samstag abend im Monkey's Paw sein Bier auf meinen Straßenatlas gestellt. Und so wurde aus HOWIE'S #1 BBQ CHILHOWIE'S #1 BBQ.«

»Sehr raffiniert«, sagte Cleve. »Mach weiter.« Langsam wich die Farbe aus seinem Gesicht, und davon war schon von Anfang an nicht allzuviel drin gewesen. Ein Nerv zuckte unter seinem linken Auge.

»Der Zeitrahmen paßte auch«, sagte ich. »Du warst dort, als Hank auf dem Weg nach Canton, Ohio, durchkam. Als ich dich schon mal danach fragte, sagtest du, du wärst ein Einzelkind. Dann sagtest du, ›Wir sind in Kentucky aufgewachsen‹. Das fiel mir ein, und es klang komisch. Also rief ich das Gerichtsgebäude in der Kreisstadt an und fand die Unterlagen über deinen verstorbenen Bruder Joe. Starb zwei Tage nach Hank Williams. Hank war neunundzwanzig. Joe war zehn. Du warst zwölf. Stimmt's soweit?«

Das Zucken unter Cleves Auge verstärkte sich. »Das ist Urgeschichte«, sagte er halb flüsternd, halb krächzend. Er starrte auf Chilhowie auf der Karte, und sein Auge zuckte. Es wurde nicht besser. Das ganze linke Auge zuckte in Zwei-Sekunden-Intervallen. Sah aus, als übte ein Schauspieler vor dem Spiegel ein laszives Blinzeln.

»Das mag Urgeschichte sein«, sagte ich, »aber dies ist es nicht.«

Ich legte die Gramercy Park Etagen-Speisekarte mit dem Foto, das Rambam organisiert hatte, auf Cleves Tisch. »Dies ist vor etwa drei Stunden deinem Hotelzimmer entnommen worden«, sagte ich mit einer kalten, bedächtigen Stimme. »Möchtest du was vom Zimmer-Service?«

Er öffnete die Mappe mit all der Vorahnung eines abgerichteten Schimpansen. Er saß steif aufgerichtet, starrte durch das Foto hindurch. Sein Bruder, er selbst und Ol' Hank starrten zeitlos, mühelos zurück.

»Ein Bild von der andern Seite des Lebens«, sagte ich. Cleve zitterte. Ob aus Angst, Wut oder elf anderen Zutaten, konnte ich nicht entscheiden. Ich blieb auch nicht so lange, um es herauszufinden. Ich ging zur Tür und griff zum Riegel. Er gab nicht nach. Ich hörte, wie eine Schublade geöffnet wurde. »Boris!« rief ich. »Boris!«

Ich drehte mich um. Das Foto, der Straßenatlas, Hundert-Dollar-Scheine flogen wie in Zeitlupe durch die Luft wie bei einer Ein-Mann-Konfettiparade, und durch das Konfetti, wie ein Kadaver auf Hochtouren, kam Cleve direkt auf mich zu. In seiner linken Hand, ekelhaft, aber vorhersehbar, war ein Tomahawk.

51

Als ich das Bewußtsein wiedererlangte, lag ich in einem Krankenhausbett. Wie ein Taucher spürte ich, wie ich mehr und mehr an die Oberfläche kam. Zunächst hörte ich Stimmen, aber die Worte waren unverständlich. Eine Stimme hatte einen New Yorker, nagetierhaften Einschlag, der mir entfernt bekannt vorkam.

Das erste Bild, das ich erblickte, waren zwei verschwommene Gestalten, die vor einem Fenster standen. Als sie langsam schärfer wurden, sah ich, daß es Ratso und ein Arzt waren, die irgend etwas diskutierten. Der Arzt erklärte offensichtlich etwas, und Ratso nickte sehr düster mit dem Kopf. Sein ernsthaftes Betragen war nicht gerade beruhigend.

Die ersten Worte des Arztes zu Ratso, die ich wirklich verstand, lauteten: »Eine Tomahawk-Wunde im Unterleib kann, wenn man sie nicht sofort behandelt, eine sehr ernste Sache sein.« Ich verlor wieder das Bewußtsein.

Als ich zum zweiten Mal zu mir kam, saß Ratso auf dem Bett und aß ein Wurst-Sandwich, etwa von der Größe seines Kopfes, und ich hatte starke Schmerzen. »Gratuliere«, sagte Ratso, »du bist ein Held.«

Ich fühlte mich nicht wie ein Held. Ich fühlte mich auch nicht gut genug, einem Mann bei so unnatürlichen Sachen zuzuschauen, wie ein Wurst-Sandwich einen halben Meter neben meinem Kopf zu essen. Ich versuchte, heldisch auszuschauen.

»Sehr raffiniert, Sherlock«, sagte Ratso zwischen zwei Bissen, »diese Chilhowie-Sache. Wie bist du denn drauf gekommen, so weit in der Vergangenheit nach dem Motiv zu suchen?«

»Mein lieber Ratso«, sagte ich, »das Muster wurde schon recht früh deutlich. Betrachte mal Hanks Opfer. Was bemerkst du?«

»Okay«, sagte Ratso. »Wir haben Larry Barkin, Bubba Borgelt und Ned Glaser. Das waren alles Country-Sänger, und sie alle trafen die schlechte Entscheidung, im Lone Star Café aufzutreten.«

»Da ist noch etwas mehr, Ratso«, sagte ich. »Es ist so offensichtlich, daß man es fast übersieht. Deshalb hab ich auch Roger zur Show eingeladen und sichergestellt, daß

Cleve davon erfuhr. Zu dem Zeitpunkt wußte ich nämlich, daß Cleve Hank war. Und, wie Hank, wußte ich, daß er nicht einfach Country-Sänger umbrachte. Er tötete *Brüder*.«

Ratso starrte mich an. Er hörte auf, sein Sandwich zu essen.

»Ich erkannte das Muster zuerst«, sagte ich, »als Bubba Borgelt dran glauben mußte. Aber ich wurde mir noch sicherer, als Hank die Burrito Brothers verschonte. Cleve war ganz sicher einer der kleinen Jungen auf dem Chilhowie-Foto. Er war zur richtigen Zeit am richtigen Ort. Der reale Hank Williams starb irgendwann in jener Nacht zum gleichen Datum, an dem das Foto gemacht worden war.«

»Dann war die Unterschrift tatsächlich echt?« fragte Ratso.

»Natürlich nicht«, sagte ich. «Die hat Cleve gefälscht. Ein weiterer, kleiner Schritt auf seinem Weg, die Identität von Hank anzunehmen. 1952 gab es noch keine Methode, eine Fotografie so schnell zu entwickeln, daß der echte Hank sie hätte unterschreiben können.«

»Natürlich nicht«, sagte Ratso.

»Zwei Tage nach Hanks Tod starb Cleves kleiner Bruder Joe. Das steht im Standesamts-Register. Ob Cleve sich selber die Schuld für den Tod seines Bruders gab oder ihn tatsächlich getötet hat, erfordert weitere Untersuchungen. Eines ist jedoch ganz sicher: Er war nicht seines Bruders Hüter.«

»Wahrlich erstaunlich, Sherlock«, sagte Ratso, »aber ich verstehe eine Sache noch nicht. Warum hat Hank die Burrito Brothers verschont?«

»Weil die Brothers in Wahrheit gar keine Brüder sind«, sagte ich. »Eine Grundkenntnis der Country-Musik zahlt sich immer aus.«

»Yeah«, sagte Ratso. Er starrte auf die Ruine seines

Wurst-Sandwichs. »Es ist erstaunlich, wie weit ich es in diesem Leben ohne sie gebracht habe.«

»Betrachte es einmal so«, sagte ich. »Wenn wir es jemals mit einem Fall zu tun haben, in den Jesus, Bob Dylan oder Hitler verwickelt ist, sind wir quitt.«

Ratso lachte. »Man kann nie wissen«, sagte er.

52

Diverse Tage später fühlte ich mich schon viel besser, als Ratso mit ein paar Zeitungen, der Post und einem Haufen von Pete Myers Schweinepastetchen von Myers of Keswick kam.

»Ich kann gar nicht glauben, was für eine großartige Presse du hast«, sagte Ratso. »McGovern holt sich direkt einen runter. Wenn du den Ausdruck gestattest.«

»Wie geht's Cleve?« fragte ich.

»Nun«, sagte Ratso, »außer daß er sich jetzt hundertprozentig für Hank hält und daß sein Gesicht wie ein Flohzirkus herumhüpft, geht's ihm ganz gut.«

»Das ist gut zu hören«, sagte ich.

»Die Gehirnklempner unterziehen ihn einer Generaluntersuchung vom Hals aufwärts, doch selbst seine Stimme und sein Verhalten haben sich drastisch verändert. Er erzählt ihnen ständig, er müsse auf Tournee. Er müsse eine Show absolvieren, sagt er. Kein Zweifel, Kinkster, der hat eine Schraube locker.«

»Was ist in der Post?« fragte ich und verzog leicht das Gesicht, als ich mich auf die Ellbogen stützte. Ich konnte mich noch nicht richtig im Bett aufsetzen.

»Hier ist eine nette Nachricht von Flippo. Sein Buch geht in die zweite Auflage, hauptsächlich deinetwegen, sagt er.«

»Geschenkt«, sagte ich.

»Hier ist ein höchst ungewöhnliches Foto von dir, das Gunner geschickt hat.« Ratso reichte mir das Foto herüber. Es war eine Aufnahme von mir, wie ich ziemlich angehauen auf einem Barhocker sitze.

»Klasse Werbe-Foto«, sagte ich. »Hast du sonst noch was, was du der ganzen Klasse verraten magst?«

»Nun«, sagte Ratso, »dies ist etwas merkwürdig. Es ist ein großer Umschlag. Mit großen Blockbuchstaben.«

»Mach ihn auf«, sagte ich.

Ratso öffnete den Umschlag und reichte mir den Inhalt. Es waren die Noten zum Hank-Williams-Song »I Can't Help It If I'm Still in Love with You«.

Es hing eine Nachricht dran. Sie lautete: »Ich werde ewig an die Zeit denken, die wir gemeinsam verbracht haben. Laß es uns bald wiederholen. In Liebe, Judy.«

Ratso entriß es mir und schaute es an. »Das ist aber süß von ihr«, sagte er. »Du mußt sie unbedingt anrufen oder ihr schreiben.«

»Kann ich nicht«, sagte ich.

»Warum nicht?« fragte Ratso.

»Ich weiß nicht, ob es Uptown oder Downtown ist«, sagte ich.

Ich holte eine der Zigarren hervor, die Ratso für mich hereingeschmuggelt hatte, und zündete sie an.

»Schau mal, Ratso«, sagte ich, »ich fürchte mich fast, es zu sagen, aber da ist noch was.«

»Was ist es?« fragte Ratso.

»Hast du das Jesus-Jackett gerettet?«

»Keine Angst«, sagte er. »Das ist sicher in einem Schrank – in meinem Apartment.« Ich lehnte mich in die Kissen zurück und nahm einen trägen Zug aus der Zigarre.

»Du bist wie ein Bruder zu mir, Ratso«, sagte ich.

DANKSAGUNG

Der Autor möchte den folgenden Personen für ihre Hilfe und Ermutigung danken: Tom Friedman, Earl Buckelew, Dylan Ferrero, Dr. Jay Wise und Larry »Ratso« Sloman; Esther »Lobster« Newberg vom ICM; James Landis, Jane Meara und Lori Ames bei Beech Tree Books; sowie Steve Rambam als technischem Berater.

Für die Abdruckgenehmigung bedankt sich der Verlag in übersichtlicher Üppigkeit: